自分の人生に
出会うために必要な
いくつかのこと

若松英輔

西淑・画

AKISHOBO

自分の人生に出会うために必要ないくつかのこと

もくじ

この本の用い方――はじめに

この随想集は必ずしも、最初から読む必要はありません。むしろ、そうしない方がよいようにも感じています。

収められた作品は、ある新聞に連載されたものをほとんどその順序のままに収録されています。一冊にまとめるに際し、「はたらく」「書く」「学ぶ」などいくつかの主題によってまとまりを作ることも検討したのですが、そうしてしまうと読み手の自由と流れのようなものが失われていくのに気が付いたのです。

作者にとってよいと思われる姿が、読者にとって、もっとも親しいものになるとは限りません。この本に限定されることではありませんが、書かれたものが読まれることによっていのちを帯びるのだとしたら、読む側の主体性は大変重要な条件になります。つまり、読む人が直面している問題、あるいは永年向き合っている問いなどにしたがって読みすすめていく。そこに大きな可能性が開かれるように思われるのです。

どの作品を選ぶか、きっかけはさまざまです。取り上げられている本や人の名前、作品のモチーフなど、まず自分と強く響き合う作品を一つ、見つけてください。そこがあなたのこの本における「最初の」ページになるはずです。

最初のページを開くことができれば、次の作品を見つけるのにさほど大きな労力はいらないと思います。また、目次にもどり、次に読む作品を見つけていただきたいのです。

もう一つ、お願いしたいのは、この本は「読む」だけでなく、ぜひ、「用いて」いただきたいということなのです。

「読む」のが速い人は、一晩でこの本を読み終えるでしょう。しかし、もしも、長く「用いて」くだされば、今日だけでなく、明日、あるいは一月後、あるいは一年後の皆さんとも関係をつむぐことができます。

本を机やベッドの近くにおきながら毎日、一篇の作品を読む。一つの作品を幾度か読む。そんなふうにゆっくりおつき合いいただければと願っているのです。

皆さんにとってこの本が、簡単には「読み終わらない本」になることを密かに希《こいねが》って、世に送り出したいと思います。

神谷美恵子『生きがいについて』

1 言葉の重みを感じとる

口では何とでも言える、そう語る場面に遭遇することがある。心境は理解できるが、本当にそうだろうか。もしも何でも言葉にできるなら、私たちの日常生活を取り巻く苦しみも、ずいぶん軽くなっているはずである。人々が直面しているのは、何とでも言える、というようなことではなく、むしろ、何とも言い難いことがあまりに多い、という困難なのではないだろうか。

あの人の言葉は重い、あるいは軽いという表現にもよく出会う。だが、重い、軽いという文字が、言葉とともに用いられるとき、それは計量可能な量的なものではなく、不可視な、質的なものを意味している。

量的な重さなら手で感じることもできる。しかし、言葉の重みを実感するのは、いつも胸である。言葉は、重いときだけでなく、軽くても私たちの胸に響く。その呼応の深度はそのまま、言葉を発した人への信用の深さに比例する。人は軽い言葉に全身をゆだねることはできない。

言葉を生業《なりわい》にしていると、言葉のことわりと呼びたくなるようなものへの認識がいやでも深まっていく。難解なことのように聞こえるかもしれないが、いたって素朴なことで、言葉は、発せられた場所から相手のその場所に届くというだけのことなのだ。

つまり、「頭」で考えただけの言葉は、それを聞く人の「頭」を刺激する。このとき相手は話されていることに納得し、理解はするが、本質的な影響を受けることはほとんどない。

「心」から出た言葉は「心」に届く。それによって関係が深まり、あるいは傷つくこともある。だが、こうした言葉によってだけではやはり、本質的な変化は起こりにくい。

そして、「肚《はら》」から出た言葉は、相手の「肚」へと届く。「肚」と「胸」は同じ場所の別な呼び名である。人は「頭」で理解し、「心」で感じているだけでは主体的に行動しない。そのためにはどうしても「肚」が動き出さねばならない。

「肚」にまつわる現象は仕事の現場でも起こっている。むしろ決定的な意味を持つ。仕事の流れが「肚」に落ちないうちは、思わぬ過失が繰り返される。

どうしてあの人は同じ誤りを繰り返すのかと責めてみても仕方がない。それはむしろ、自然な現象なのである。状況を変えたいなら肚を割って話すしかない。原因はしばしば思わぬところにあるのである。

この五、六年ほどのあいだに企業研修で話をすることが多くなった。企業研修というと収益化や効率化にまつわる主題であると思われるかもしれないが、近年の傾向は明らかに違う。その中心にあるのは、言葉とは何かという問題なのである。

言葉の本質を問い直し、そのことわりを理解しないまま、その用法だけを学んでも虚《むな》しい。仕事の現場は、そうした付け焼き刃で通用するほど甘くない。よい仕事はいつも確かな言葉とともにある。

井筒俊彦の『意識と本質』、西田幾《き》多《た》郎《ろう》の『善の研究』、石牟礼道子の『苦海浄土』を真剣に読み込むという場合もしばしばある。精神科医の神谷美恵子の『生きがいについて』もそうした一冊である。「生きがい」の探究は、仕事の現場でも避けて通ることはできない。報酬だけでは仕事を継続するのは難しい。

この仕事は誰でもできる。自分でなくてもよいのではないか。さらにいえば自分は必要とされていないのではないか、という不安をかかえながら仕事をしている人はどんな場所にもいる。人はそうした不安を簡単には口にしない。誰かにそう言われたら、その傷は、必ず自分の深い場所に到達するのが分かっているからだ。

「生きがい」を照らし出す言葉は、とても素朴な姿をしていると神谷美恵子はいう。長い説明はいらない。「君が必要なのだ」と「肚」から言えるか否かが問題なのである。彼女の主著『生きがいについて』に次のような一節がある。

> 君は決して無用者ではないのだ。君にはどうしても生きていてもらわなければ困る。君でなくてはできないことがあるのだ。ほら、ここに君の手を、君の存在を、待っているものがある。――もしこういうよびかけがなんらかの「出会い」を通して、彼の心にまっすぐ響いてくるならば、彼はハッとめざめて、全身でその声をうけとめるであろう。

「肚」から出た言葉は、相手の存在の根柢《こんてい》に呼びかける。仕事上の言葉は、ほとんどの場合、その人の能力や可能性をめぐって用いられる。だが、能力や可能性は状況によって変化する。その人自身の境遇だけでなく、家族や近しい人の変化も大きな影響を与える。

存在は違う。ここでいう存在は尊厳と同義である。尊厳は、その人が好調なときも試練に打ちひしがれているときもまったく変わらない。

真に意味ある仕事とは、存在と存在がふれあい、呼応する場所でこそ生まれるのではないだろうか。この仕事の根本原則を探究するとき、もっとも確かにはたらくのは鍛えられた言葉なのである。

遠藤周作『イエスの生涯』『深い河』

2 事実と真実を感じわける

作家の遠藤周作は二〇二三年で生誕百年を迎えた。さまざまな企画があり、原稿や講演の依頼があり、彼が遺した言葉と向き合う機会も多くなった。

彼の言葉は、幅広い読者に受け入れられた。その理由は優れた文章家だったからというよりも、その視座にあったように思われる。遠藤は素朴な、しかし、見過ごしがちないくつかの大切なことを繰り返し、言葉を尽くして語った。「事実」と「真実」は同じではない、と彼はいう。そして「生活」と「人生」も次元を異にするというのである。

事実は第三者によって検証できる。対象によっては実験できる場合もある。だが、真実は違う。真実はつねに、一度しか起こらない。そして個から個へ伝わる。真実は実験の対象にはなり得ない。その人の全身で経験されるところにのみ生起する。遠藤は、『イエスの生涯』で『新約聖書』との向き合い方にふれつつ、事実と真実をめぐって、次のように述べている。

> たしかに我々はイエスの生涯を正確にたどることはできぬ。事実の通りイエスの行動を記録することもできぬ。しかし聖書を読むたびに私たちが生き生きとしたイエスやそれをとりまく人間のイメージをそこから感じるのはなぜだろう。それは事実のイエスではなくても真実のイエス像だからである。

『新約聖書』は事実の集積ではない。むしろ、イエスの出会った人々の真実の告白である。『新約聖書』を読むとは、そこに歴史的な事実を確かめることに終わらない。人間の真実をかいまみることになる、と遠藤はいうのだろう。

こうした現象は、イエスと対峙《たいじ》するときにのみ起こるのではない。事実と真実は、私たちの日常生活でも、緊張と均衡をはらんだものとして存在している。

淡々と事実を語る。そうすることで物事が進む場面も多い。そうでなくてはならない場合も少なくない。だが、どんなに多くの事実を積み上げても事態が打開できないことがある。そこにあるのは私たちの「生活」というよりも「人生」の苦しみなのかもしれない。事実の奥に真実を感じようとする。それが私たちの人生の日常なのではないだろうか。

人には事実を肉声によって語ることで、それを真実へと変容し得る力がある。それが言葉の秘義なのではあるまいか。おもいを込めて語ることで事実以上のことがそこに浮かび上がるのである。

事実は理解の対象である。いっぽう、真実は、理解を超えて人を動かす。

昨今は、政治でも、仕事の現場を含むさまざまな場所でも、リーダーの口から、事実のみが語られ、真実の言葉にふれる機会が少なくなった。事実だけでは、人生を賭けるには軽すぎる、と私は思う。

初めて遠藤周作の名を知ったのは高校生の頃だった。父の書架には、遠藤と遠藤をめぐる本が多くあった。

今では文章で生計を立てているが、十六歳までは学校の課題に関連する本のほかは自発的に読んだこともなかった。本を読むようになって最初に同時代の作家として認識したのが遠藤だった。

父親の方針で、中学校卒業後は自宅からは通えない高校を選び独り暮らしを始めるというのがわが家の慣《なら》わしだった。父は漫然とテレビを見る生活を嫌った。そのためなのだろうが、新しい住居にはテレビがなかった。このときから読書の生活が始まった。そして、買うものといえばほとんどが本になった。

父はじつによく本を読む人だった。亡くなって十余年が経《た》ったが、今もありありと浮かんでくるのは彼が椅子に座り、書見台を前に本のページをめくる姿である。

哲学者の井筒俊彦は、あるときから言葉だけでなく「コトバ」という表記を用いるようになった。言葉がいわゆる言語であるのに対し、「コトバ」は非言語的なものをも含む意味の顕《あら》われを指す。

コトバというと特別なもののように感じられるかもしれないが、人はむしろコトバを多用し、必要に応じて言葉を用いている。本を読む父の後ろ姿が語る沈黙のコトバは、彼が発したどんな言葉よりも強く私の胸に刻まれている。人生を惜しめ、彼の聞こえないコトバが、そういっているように感じられる。

遠藤周作晩年の代表作『深い河《ディープ・リバー》』にはこんな一節がある。「一人ぽっちになった今、磯辺は生活と人生とが根本的に違うことがやっとわかってきた」。

生活の次元では言葉が中心を占めている。だが、人生においてはコトバこそがそ

人生の苦しみに光を与えるのは言葉であるまいか。苦しみの意味を告げ知らせるのではあるまいか。

武者小路実篤「沈黙の世界」

3 沈黙の世界、沈黙のちから

意味には深みがある。むずかしいことではない。ある人の語ったことが、数日、あるいは数年、さらにいえば、その人が亡くなってはじめて、ありありと感じられる、そんな経験は多くの人にあるだろう。

『意味の深みへ』と題する井筒俊彦の著作があるが、この本など本の背表紙を見ているだけで、自分は浅い意味にしかふれ得ないまま毎日を生きているのではないかと、そんな厳しい問いかけを感じることもある。

言葉には、辞書的な意味である「字義」だけでなく、秘められた意味である「秘義」がある。人は日常生活で、時と場合を選びながら字義と秘義を絶妙に使い分けている。

字義は社会的なものだから、勉強もでき、辞書などを調べればその内容も確認できる。だが、秘義は違う。それは勉強の埒外《らちがい》にある。秘義は生き、経験され、体得されなくてはならない。

秘義を集めた辞書はない。そもそも秘義には、多くの場合、言葉たり得ないことが、意味として宿っている。苦しみにも秘義がある。だが人は、それを何であるのかは言えないことが多い。

他者の言葉を字義だけで理解する。そこには「正しい」理解は存在する。学校の試験の世界では字義が理解できればそれでいい。しかし誰かとのあいだに友情や愛情、あるいは信頼を育もうとするとき、字義で結びつく関係だけでは不十分である。秘義を分かち合うことができない場合、関係は、あるところまでしか深化しない。つまり、語り合わずともつながっている実感がなければならない。

「思っていることがあるなら、言って欲しい。言葉にしなければ分からない」、そんなことを自分も言ったことがあるし、誰かが言うのも聞いたことがある。

まったくその通りで本当のことだ。しかし、こうした発言が飛び出したとき、人間関係にひびが入ることがあっても、深まることは少ないのではないだろうか。

言ったことだけを理解するとき、人は字義の世界から一歩も出ていない。秘義に向かって開かれるとき、おのずと沈黙に寄り添うようになる。

作家の石牟礼道子さんと晩年、しばしば会う機会があった。さまざまなことを話し、記録に残る対談をしたこともあるが、真に忘れがたいのは、介護施設の部屋でふたりきり、黙って過ごしたひとときだった。

石牟礼さんは病のために思ったように話せなくなることが時折あった。ある日、話している途中で調子がよくなったように見えたので、看護師を呼び、石牟礼さんのからだを横にすることにした。

看護師が部屋から出たので、「今日は私もこれで失礼します」と言うと、石牟礼さんが「せっかくなので、もう少し……」と消えいるような声で言いながらベッドの布団から細い手を出した。

何も考えず、その手を握り、しばらく沈黙のまま二人で時間を過ごした。三十分ほどだったのかもしれない。無音の会話が自然に終わったような気がして、彼女の部屋を後にした。

武者小路実篤《さねあつ》が「沈黙の世界」（『人生論・愛について』所収）と題する一文を書いている。そこで彼は「言葉の世界に住んでいると、沈黙の世界がなつかしくなる」という。

何気ない文言だが、沈黙の世界こそが、故郷と呼ぶべき場所であることを強く思い出させてくれる。武者小路は多作な作家だったが、画家としても多作だった。彼は多くの言葉を書く必然もあったのだが、苛烈《かれつ》なまでに絵を描かねばならない理由もあった。絵を描くとは、彼にとって沈黙の世界に生きようとすることだったのである。

先の一節のあとに彼は「画の世界は沈黙の世界だ。言葉は必要がない。言葉の表現は、考える必要がない。嘘を言う必要のない世界だ」と言葉を継いでいる。

沈黙の世界は、なつかしいだけでなく、嘘のない世界であるという言葉にふれたとき、真実に胸を突かれたような思いがした。彼は、言葉の世界が嘘の世界だといいたいのではない。しかし、言葉の世界に嘘が混じりやすいことに説明はいらないだろう。

武者小路がいう「嘘」は必ずしも虚偽を意味しない。意識されないこと、あるいは思いを封じていることでもあるだろう。

人は、言葉から容易に離れることはできない。黙っていても心のなかでは言葉が渦巻き、眠っていても夢のなかで言葉はその活動を止めない。そうした時間は必然的に「嘘」を伴う。

一日のなかで、どんなに短くても、嘘と関係を断てるひとときを生まねばならない。嘘のない場所に立つとき人は、自らの人生に宿った意味の深みもまた、感じ得るのではないだろうか。

柳宗悦「茶道を想う」とノヴァーリス「花粉」

4 世界と向き合うための三つのおきて

癖と習慣は似て非なるものである。癖という言葉には、「やまいだれ」がつく。悪癖という言葉に象徴されるように、どこかよくないことであるという語感が伴う。いっぽう、習慣は、よいこととして認識される場合も少なくない。客観的な判断はともかく、よいと信じていることを人は簡単には手放さない。だが、習慣という言葉は、用いる人によってまったく逆な意味になる。

ある人にとっては強靭《きょうじん》な人生を鍛錬する場であり、別な人にとっては堕落の始まりを意味する。

ミッション系の大学に通っていた母は、若き日にシスターに言われた「習慣が人格をつくる」という言葉を今も大切にしている。「慣」という字をよく見ると「心」を意味する立心偏《りっしんべん》に「貫」と書く。つまり、慣れるとは何かが心を貫くことだというのだろう。習慣は人格を陶冶《とうや》する道程へと姿を変じる。

慣れることは重要である。人間関係や仕事だけでなく、場所や雰囲気においても慣れないなかで何かをすると、思わぬ失態を演じることがある。

だが、まったく異なる語感において習慣を語っている者もいる。思想家であり、民藝運動の指導者であった柳宗悦《むねよし》だ。彼は習慣という言葉をしばしば惰性と似た意味で用いる。習慣的な行為はしばしば真実から人間を遠ざける、と柳はいう。

次に引く一節は、私にとっては言葉の護符のようなものである。困難に直面し、自分の立ち位置が分からなくなったときなど、心の奥から柳の言葉が湧《わ》き上がってくる。柳は「思想」、「嗜好」、そして「習慣」を遠ざけ、現実に向き合えという。

> どう見たのか。じかに見たのである。「じかに」ということが他の見方とは違う。じかに物が眼に映れば素晴しいのである。大方の人は何かを通して眺めてしまう。いつも眼と物との間に一物を入れる。ある者は思想を入れ、ある者は嗜好を交え、ある者は習慣で眺める。
>
> （「茶道を想う」『柳宗悦 茶道論集』）

「思想」は、ある局面をはっきりと見えるようにする。しかし、それはしばしば局所的になりがちだ。

「嗜好」は自分の好みである。嗜好品という言葉もある。好意を抱けない人が真実を語ることがあるのを私たちは経験で知っている。

ここでいう「習慣」とは、表面的な繰り返しである。意味ある反復ではない。

ある絵を見る。かつて見たことがあるので、この絵は知っていると感じる。そのとき、もう人は「じかに」その絵と向き合うことはできなくなっている。過去の「私」と今の「私」は同じではない。さらにいえば、過去の世界と今の世界もまったく異なる。古代ギリシアの哲人ヘラクレイトスがいうように、人は同じ川に入ることはできない、というのが真実なのである。

惰性に陥らずに慣れる。ここに伴うのが「驚き」である。驚嘆するほどのことはなくとも小さく驚く。こうした出来事が日常的に自分のなかで起こる場を保ち続けること、それが真の意味で「慣れる」ということなのではないだろうか。

いつからか、長く話す仕事のときは、食事を摂《と》らなくなった。長く話すのだから、しっかり食事を摂取しなくてはならない。栄養学的に考えればそうなるだろう。だが実感は違う。胃にほとんど食べものがない方が、話に迷いがなく進められる。

問題は仕事が終わったあとだ。当然ながらエネルギーは枯渇している。思いのほか、話がよかったときは、いっそう消耗している。

四時間ほどの講座のあと、帰路の電車に乗ったとき、カバンだけでなく、その日、はじめて口にする食材を入れた袋を荷棚に置き忘れた。忘れ物をすることはあるが、ほとんどは、電車を降りてすぐに気が付く。

この日は状況が違った。自宅に帰り、カバンを降ろそうとしたときはじめて、背中に何もないことを自覚したという始末だった。

二時間ほどあと、下車した駅から一時間半ほど離れた、行ったことのない終点の駅で荷物が見つかった。カバンに財布が入っている場合、遺失物は配送できない。空腹のまま、荷物を取りに行った。往復三時間、近年にないほど集中して本を読んだ。

手にしていたのは十八世紀ドイツ・ロマン派を象徴する作家ノヴァーリスが書いた断章だった。長い文章を読めないとき、あるいは短い文章と深く向き合いたいと感じるとき、しばしばこの本を読む。そこにこんな一節があった。

人間は、行きづまると、断定的な言葉か、力ずくの行為――即断――によって、打開をはかる。

（「花粉」『夜の讃歌・サイスの弟子たち 他一篇』今泉文子訳）

極端な習慣も、「力ずくの行為」なのかもしれない。人は行き詰まらずとも、それを恐れてノヴァーリスがいうような愚行に身を預けるのかもしれない。これからは話すときも適度に食べることを習慣にしようと心に決めた。

5 叡知を宿した人々

ユングとメーテルリンク

若い頃は、「知」を頼みにしていた。「知の巨人」などという表現も、ある魅力をもって胸中にこだましていたように思う。

しかし年齢を重ね、知の世界をかいま見るようになると、次第にそれへの信頼が揺らいできた。

知は有用である。今日のような知の発展がなければ、私たちの生活の安定も快適さも実現されなかっただろう。だが、生活とは層を異にする人生というものには、知を積み重ねるだけでは見えてこない何かがある。

獲得した知を一たび手放さなくてはならないことさえも私たちの生涯には起こる。知は、世界を広く見せてくれるかもしれない。しかし、それを深く感じさせてくれるとは限らないのである。

叡知《えいち》という言葉がある。姿は知と似ているが、内実は似て非なるものなのではないだろうか。知識と叡知の違いを明言することは容易でないが、叡知を感じさせる人というのは実在する。真実の一端に確かにふれている者、そうした人物は、私たちのまわりにも隠れて存在しているものだ。心理学者のユングの自伝に、このことにふれた印象的な言葉がある。「私の生涯のうちで最もすばらしくかつ有意義な会話は、無名の人々との会話であった」（『ユング自伝1』河合隼雄ほか訳）。

ユングはフロイトを始め、同時代に名をとどろかせた研究者、思想家たちとも深く交わった。ある時期からはエラノス会議という国際的な賢者の集い――のちに鈴木大拙や井筒俊彦も出席した――において指導的な役割を担った。彼はこの会議から驚くべき知識の経験を積み重ねたはずである。『我と汝』の著者マルティン・ブーバー、神話学者カール・ケレーニイ、宗教学者ミルチャ・エリアーデ、生物学者アドルフ・ポルトマンなど名前を挙げればきりがない。

彼は稀代《きたい》の学者でもあったが、治療の現場に立つ臨床家でもあった。彼における叡知の目覚めは、市井《しせい》にあって、どうにかして自らの人生を生き抜こうとする人々との対話のなかで実現された、というのである。

同質のことは私たちにも起こっている。だが、あまりに知を重んじる目には、日常にきらめく叡知の光は見えにくい。

知と叡知を感じ分けようと、それぞれ定義してもあまり意味がないかもしれない。言葉による定義はしばしば、私たちを知の世界に閉じ込めるからだ。叡知は言葉によってではなく、経験によって裏打ちされた心のうちで鍛錬されていく。知はたくみに表現され、人を驚かせる。だが叡知は、静かに体現され、その姿を見たものに黙考を促す。叡知は沈黙のなかで育まれる。

『青い鳥』の作者として知られる、ベルギーの文学者モーリス・メーテルリンクに、叡知をめぐる美しい著作がある。邦題は『限りなき幸福へ』（山崎剛訳）となっているが、原題は訳者も書いているように「叡知と運命」である。そこでメーテルリンクは、叡知からもっとも遠いものとして、軽蔑、あるいは蔑みを挙げる。

「何より叡知は軽蔑することがない。世の中に軽蔑すべきことは一つしかない。それは軽蔑そのものだ」。蔑みから自らを遠ざけること、それが叡知の原点だというのである。

知を蓄える。すると人は無意識に知において貧しい人を軽んじるようになる、とメーテルリンクは警告する。知だけではないのかもしれない。私たちは何かを必要以上に蓄え始めるとそれを持たざるものを軽んじるようになるのかもしれない。

メーテルリンクは、知に優れた人だった。それゆえに知の危険を深く自覚してもいた。彼はこの言葉を、他者に向けて書く前に、自らの胸に突きつけている。そうした姿勢が、この本を、世紀をこえて力あるものにしている。同じ作品で彼は、何かに対する蔑みは、私たちの幸福を脅かす、とも述べている。「叡知や幸福といっても、それが別の何かを蔑むことで成り立つものなら常に用心すべきだ」。

何かを知らないと損をする、といつしか私たちは思い込むようになった。メーテルリンクによると多くの知識は幸福を約束しない。真の幸福は、知る、知らないというのとは別な領域で実現されるらしい。それは達成し、獲得するというより、発見する何ものかなのかもしれない。

知は、遠くの世界まで見えるようにしてくれる。人類は今、ほかの惑星の様子さえ知り始めている。いっぽう叡知は、私たちのなかにもう一つの宇宙があることを告げ知らせている。

人は、生涯を賭《と》して見出すべきものをわが身に宿しながら生きる存在である。このことを叡知は、試練のなかで無言の教師として教えてくれる。知は、叡知とともににあるとき、真に知のはたらきをなすのではないだろうか。

司馬遼太郎と太宰治

6 語られざるおもい

長く文章を書くことに従事しているのだが、書けないと感じることがしばしばある。むしろ、書けないと感じるのが日常で、そうした曇り空のような時間のなかにときおり、書くときを告げるように光が射《さ》すのである。

光の瞬間を捉えて、ペンを運ぶ。すると思うようにではなく、おもいを超えて何かが生まれていることがある。機会は、いつやってくるか分からない。これだけは慣れるということもない。私の場合、書くという営みの大部分は、光の訪れを待つことに費やされる。

　あることをした後は、書くことが極めて難しくなる。それは話すことで、それも心を開いて話したときなど、文章を書くことが著しく困難になる。

　たとえば二時間の講座を行う。すると、机に座って二時間は、まったく文章は生まれない。そしてさらに二時間ほどすると、ゆっくり書く手が動き始める。四時間話すということも少なくない。もちろん、この場合も平常化までに四時間かかり、書き始めるにはさらに四時間が必要になる。

　この法則を理解できず、ずいぶん苦しんだ。時間はあるのに、書けないという状況が理解できなかったのである。

　十年以上前のことになる。ある日、司馬遼太郎に関する著作を読んでいて、彼がまったく同じことを語っているのを見かけた。書くことと話すことは、ともに他者に開かれていきながら言葉との関係を深めることなのだが、まるで方向が違うらしい。たとえていえば、書くことが北なら、話すのは南といった具合なのである。

司馬遼太郎という二十世紀日本を代表する作家の小説を私は、さほど多く読んでいない。ただ、司馬の随筆、講演録は愛読している。

愛読と熟読も似て非なるものである。熟読は線を引きながら熱心に読むことだろうが、私が感じている愛読とは、いつでも手の届くところに本があり、本に呼ばれたような気がしたときに漫然とページをめくる。すると、そのとき必要としている言葉に出会う。それが愛読という書物との関係である。

熟読から私たちは多くのことを知り、学ぶ。愛読の効用は別なところにある。愛読書は豊富な知識など与えてはくれない。だが、そこにある言葉は、見失っていた自分と出会い直すきっかけを与えてくれる。

一九八七年に行われた「東北の巨人たち」と題する司馬遼太郎の講演がある。芭蕉や吉田松陰といった東北に深い憧憬を抱いていた人をめぐって語り始め、東北に生まれた安藤昌益、内藤湖南にふれたあと、最後に太宰治に話が及ぶ。

太宰治が亡くなった一九四八（昭和二十三）年、司馬遼太郎は新米の新聞記者だった。当時彼は、太宰治の存在を知らず、その名前を「ダザイジ」と読んでいたという。そんな彼が五十歳のなかばになった頃、急速に、それも深く太宰との関係を深めることになる。「以来、全集を五、六回読んでいます」と彼は語る。そうした苛烈な読書から見えてきた太宰の姿をめぐって司馬はこう語っている。

> 得た結論は、彼は破滅型でも自堕落でもないということでした。太宰治の精神、文学が持っているたった一つの長所を挙げよといわれれば、聖なるものへのあこがれという一語に尽きるわけです。〔中略〕
> 〔太宰は〕『聖書』の文体が好きでした。よく引用した。そこからなにか着想して短編を書いたりしています。破滅的な作品でさえ、破滅していく主人公の心には、実に聖なるものへのあこがれが表れています。

（『司馬遼太郎全講演3』）

ここで言われている短編とはおそらく、イエスを裏切ったユダの内心を告白体で書いた「駈込み訴え」のことだろう。この小説の終わりにはこんな一節が記されている。

> 私は、あの人を愛していない。はじめから、みじんも愛していなかった。はい、旦那さま。私は嘘ばかり申し上げました。私は、金が欲しさにあの人について歩いていたのです。

この一節に秘められている真実はただ一つ、ユダは「嘘ばかり」語ったということなのではあるまいか。「愛していない」と声高に語りながらユダは、己《おの》れをそうするよりも深くイエスを愛していたのである。

読むとは単に、辞書に記された通り文字の意味をたどることではない。文学、芸術、哲学、あるいは宗教に関するものである場合は特に、目にしている文字の奥に書き記し得ない意味を読み取らねばならない。

司馬遼太郎が語った言葉にふれて以来、太宰治はもちろん、『新約聖書』の光景がまるで違って見えてきた。「マタイによる福音書」によれば、イエスが、自分を裏切ったユダにむかって最後に語りかけたのは「友よ」というひと言だった。ユダ自身も気が付かなかったかもしれない愛のはたらきを、イエスはけっして見過ごすことはなかったのである。

岡本太郎のピカソ論

7 美とは己れに出会う扉である

本がうまく読めなくなるときがある。書いてあることは理解も記憶もできるのだが、深いところまで言葉が入ってこない。そんなおもいがぬぐえなくなる。つまり、言葉は認知できても深く意味を認識できなくなるのである。

そんなときは絵を見に行くことにしている。すると、何の効用なのか読書のための調律が整う。絵画の色彩や構図によって心が整えられていく感覚がある。

絵画の恩恵に気が付いたのは、四半世紀ほど前のことだった。当時、私はまったく本が読めなくなっていた。買うものといえば本しかないような男が、本を手にしなくなっていた。

はじめは多忙を理由にしていたが、気が付いてみるとかつて本を手にするだけで感じられていた、ある手応えも消え去っていた。読書好きの人には伝わるのではないかと思うが、ある人たちは目だけでなく、手で本を選ぶ。本を手にしたとき、その内容を読まずとも自分との関係を鋭敏に感じとる。

この本は、今の自分に必要な何かを宿している。あるいは今、読まなくてもよい、しかしこの本が必要になるときが必ず来る。そんなおもいが内心から湧き上がるのである。だが、こうした感触がまったく失われていたのである。そうした本との関係が断絶することは、ほとんど生きがいを見失うような出来事だった。

その時期はちょうど、短期間に仕事上で栄達と転落をともに経験した期間でもあった。

三十歳を少し超えたばかりのとき、想像できないような速さで職位を駆け上がり、気が付けば地面にたたきつけられるような降格を経験していた。新規事業で子会社の経営を任され、その会社を実質的に倒産させたのである。

仕事で失敗して、もっとも過酷なのは後始末をすることではない。耐え難いのは、自分の言葉への信頼が失われることである。何を言っても相手に受け止められない、そう感じられる日々が続いた。

かつてだったら、こうしたときも本を繙《ひもと》き、道を探しただろう。高校生の頃からそうやって危機をしのいできた。あてもなく書店に赴き、言葉との出会いをひたすら待つ。だが、本を読めなくなっている時期は、書店にも行かなかった。

ある日、何かに突き動かされるように美術館に駆け込んだ。会社の同僚には「ちょっと出かけてくる」と言ったきりで行き先も伝えなかった。伝えなかったのではない。自分でもどこへ向かっているのか分からなかったのである。

息をついたのは、東京・上野にある国立西洋美術館の常設展に足を踏み入れたときだった。その瞬間絵画は、不可視な水となって渇いた魂を潤してくれた。むしろ、潤いを感じたことで、自分の魂が渇いていたことを知った、というべきなのかもしれない。

プラトンにソクラテスの最期を描いた『パイドン』という対話篇がある。そこでソクラテスは、哲学とは「魂の世話」をすることだという。プラトンの言葉が真実であれば、あの時期の私は、まったく魂を顧みない日々を過ごしていた。

知識や情報は、視野を広くしてくれることもあるだろうし、自分を大きくしてくれると感じることもあるだろう。そうしたことを否定するつもりはないが、広い場所に出ることも、自分が大きくなったように感じることも、魂の深化や潤いとはあまり関係がない。

画家の岡本太郎が、詩人で批評家でもあった宗《そう》左《さ》近《こん》を相手にピカソをめぐって語った対話の記録がある。そこで岡本は、フランスでセザンヌの作品を見たときの衝撃を次のように述べている。

ハッと驚いた。体が震え上がる思いだった。涙がポロポロ出てきて、わが人生、絵に感動したってことはほとんどないんだ。しかし、あれには全身が圧倒されてしまった。

（『ピカソ「ピカソ講義」』）

涙は美術館を出ても止まらなかった。岡本はセーヌ河の岸をたどって歩く下宿までの道のりも、涙を流しながら歩いたという。

似た現象はピカソの静物画を見たときにも起こった。「アッ、これだ！　と思った。身体中が熱くなって、その絵の前で、心身が爆発するような思いだった」と語る。

苛烈なまでに感動しながらも岡本は、セザンヌやピカソを単純にほめたたえたりはしない。このとき出会ったのは優れた絵画ではなく、自分自身である。それが岡本の実感だった。ピカソに感動し、「自分自身の心がふき上った。ピカソをナマの眼で見て、ほんとにそれが自分じゃないかって感じがした」と述べている。

真の芸術は、人間の心をふるわせるだけではない。心の奥に眠っている魂を目覚めさせる。本を読めなくなっていたとき、絵画を前にして私が経験したのも同質の出来事だったのかもしれない。見失っていたのは言葉との関係ではなく、自分自身との関係だったからである。

8

書くとは時に止まれと呼びかけることである

夏目漱石と鷲巣繁男

電車に乗っていると「ライフプラン」「マネープラン」「キャリアプラン」といった言葉が飛び込んでくる。どれも必要だろうし、一度は考えた方がよい問題であることも分かる。現代という時代は無計画なままに前進するには少し道が入り組んでいる。

仕事人として「プラン」の文字を見るときは違和感を覚えない。しかし、一個の人間として接するときは感触が異なる。ままならないのが人生だ。思うようには生きられない。お前はそのことを知っているではないか。そう問い質《ただ》すような無音の呼びかけを感じる。

十四年前に伴侶を喪《うしな》った。十年の闘病生活のあとだったから、急に亡くなったのではない。心の準備もしていたつもりだったが、まったく役に立たなかった。涙が涸《か》れても悲しみは続くことを知った。悲しみの底を生きているとき、人は、自らを悲嘆の淵から救い出すために微笑《ほほえ》みながら生きるほかない場合があることも経験した。翌年、東日本大震災が起こった。この二つの出来事を経て、思うようには生きられないというのが確信になった。

いつ、この世をあとにするか分からない。だから計画は無駄だ、などとはいわない。計画は、自分というよりも、遺《のこ》される人たちのためである場合が少なくないことも承知している。

「計画」するからこそ見えてくるものもあるだろう。自分が何を考え、願っているのかも明確になるのかもしれない。そのいっぽうで、想像すらしなかった、人生の契機と呼ぶべき時節の到来を見過ごすことがあるのではないだろうか。

今日、私にとって詩を書くことは文筆活動の重要な部分を占めている。詩を書くだけではない。詩をめぐって語り、月に幾度か講座を行い、詩の文学賞の選考委員を務めてもいる。最初の詩集を世に送ったのは、二〇一七年の春だった。それ以後、のべ七冊の詩集を世に送り、今日まで一万篇を優に超える市井の人の書いた詩を読み、添削してきた。詩は、生活ばかりか人生の中心にある。

こんな日々をかつては予想さえしたことがなかった。二〇一六年に戻ることができて、自分にむかって、お前は遠からず詩を書くことになるだろうと語りかけても、まったく信じないばかりか、それだけはあり得ない、と強い語気をもって否定するだろう。それほど詩と縁がなかった。愛する詩人も詩集も存在しなかった。

詩を書く人は多くない。だが、人は詩と離れて生きることはできない、と明言する人もいる。詩とともに生きていながら、そのことに気づかないというのである。

> 住みにくき世から、住みにくき煩《わずら》いを引き抜いて、難有《ありがた》い世界をまのあたりに写すのが詩である、画《え》である。あるは音楽と彫刻である。こまかに云《い》えば写さないでもよい。只《ただ》のあたりに見れば、そこに詩も生き、歌も湧《わ》く。

夏目漱石の「草枕」のはじめ近くにある一節である。漱石は小説だけでなく、漢詩も詠んだ。詩歌というときの詩は、もともとは漢詩を意味した。ただ、ここでいう「詩」は、漢詩でも和歌や俳句でもない。漱石の同時代人でもあった西田幾多郎《きたろう》の言葉を借りれば「純粋経験」とでもいうべきものだった。

西田のいう純粋経験とは、見える存在の奥に不可視な実在を感じることだといってもよい。むずかしいことではない。私たちは、ある素朴な行為のなかにその人の情愛や憐憫《れんびん》を感じることがある。そうしたとき、私たちの内心をうずまく何ものかを漱石は「詩」と呼ぶのである。

「草枕」には「無声《むせい》の詩人」あるいは「無色《むしょく》の画家」という表現もある。書かず、詠みもしない詩人、そして描くことなき画家たちであふれている。それが漱石の実感だった。

鷲《わし》巣《す》繁《しげ》男《お》という詩人、批評家がいる。彼が書いた批評集『クロノスの深み』の「あとがき」にこんな一節があった。

> 詩は喚起するものである。その喚起の中にあって、「時よ止まれ」と呼ぶものである。特に「美しき時よ止まれ」と——。それは畢竟《ひっきょう》、「永遠」の思念にかかわるものである。だが、詩人はその「現在」の流す血と涙に、歓《よろこ》びに、嘆きにも深く関わるものである。

「時よ止まれ」、「美しき時よ止まれ」と胸中で叫んだことは誰にもある。今だけではない。過ぎ去った日を想い出し、そう呻《うめ》くほかないこともあるだろう。そうしたとき人は誰も、自らが気が付かないうちに「無声の詩人」になっているのである。

ピカート『沈黙の世界』

9 心だけでなく、情を生きる

本格的に文章を書き始めるようになってからずっと、どこかで「情《こころ》」とは何かを考えている。心情という言葉もあるが、「心」と「情」のあいだには、これらを同じものだといって終わりにできない何かがあるように感じられてならない。

「情」が終わりのない問いになったのは、その表現に苦しんだからだった。

書く場合も、話す場合も、「心」の世界であれば、言葉を尽くせばどうにかなる。「情」は違う。巧みに言葉を用いたとしても、その真実は、まったく浮かび上がってこない。

振り返ってみると、文章を書くようになった動機も、人前で話せば脇の下にぐっしょり汗をかくような性格であるのに、講演や講座を生業《なりわい》にしていこうと決めたのも、抗いがたい情の躍動のためだった。

情の世界で培われた経験の蓄積が、強靭《きょうじん》な勢いで自分を突き動かすのである。

情《じょう》が深い、情が薄《うす》いというとき、私たちは「情」という文字をほとんどその人そのものの代名詞として用いている。「心」をめぐっては、心が広い、心が狭い、などという。どちらも私たちの現実だ。

人は常に二つの「こころ」を同時に生きているらしい。「心」が、その人の内面の状態を表わすとしたら「情」は、その人自身のありようを意味するのではないだろうか。

騒がしい心に煩《わずら》わされていても、少し静かな時間があれば、落ち着きを取り戻せる。しかし、情を整えるのはそう簡単ではない。一朝一夕にはいかず、持続的な鍛錬が求められる。

騒然とした気分を鎮めるのと、人格を深化させるのは、まったく異質な営みなのである。

先にもふれたが、情の世界を描こうとするとき、言葉に技巧を凝らしてもうまくいかない。情が顕現するのは文章の内容であるよりは文体においてであり、発言においてであるよりも、その人が醸《かも》し出す雰囲気や間《ま》においてなのである。

落語の世界に通じた人と話しているとき、師匠から話法を学ぶのはさほど難しくない。習得するために人生を賭《と》さなくてはならないのは間のほうだ、ということになった。その話を聞きながら、文学だけでなく、仕事の現場でも同じだと思った。

もったいぶった態度が作る「間」は人を不安にする。だが、自ずと生まれてきた「間」において人は、語られざる真実と称したくなる何かを見出す。

言葉が終わったところに間が生まれる。それが日常生活の実感かもしれないが、そうした見解に異を唱える人もいる。巨《おお》きな間があるからこそ、人は言葉を発することができる、というのである。

マックス・ピカートというスイスの哲学者もそうした人物のひとりだ。代表作の一つ『沈黙の世界』には次のような一節がある。

> 沈黙は、そのなかに住むもろもろの事物に、沈黙の有する存在の力を頒《わか》ちあたえる
>
> （佐野利勝訳）

こうしたことは私の日常生活だけでなく、仕事の上でも大きな問題になる。

彼のいう「沈黙」は、巨大な間、深甚《しんじん》な間に置き換えてよい。

「沈黙の有する存在の力」という表現は少し難解に感じられるかもしれない。むず

かしく考える必要はない。生ける間によってつながるとき、私たちは、信頼という出会いの果実を得ている。この日常的な事実を想い出せば十分である。

近年、教育だけでなくビジネスの世界でも、知性偏重が反省され、感性を磨くことが奨励されている。もっと心を働かせなくてはならないという意図は分からないではない。確かに現代は、合理と倫理だけでは読み解けない時代だ。だが問題は心を働かせていないことにあるのではなく、あまりに心を頼みにし、情というもう一つの「こころ」を見過ごしているところにあるのではないだろうか。

仕事の現場に「情」は禁物である。私情や感情をもちこんではならない。どんな職場でも飛びかう常套句である。しかし世にいう私情や感情は、これまで見てきた「情」とはほとんど関係がない。むしろ、一時的な「心」の高ぶりであり、あえて情という言葉と結びつけるなら激情と呼ぶべきものである。

激情は誤った場所に導くだけでなく、長く築き上げたものを一瞬にして破壊する。激情を退け、情を取り戻す。その第一歩が「心」と「情」のあいだに小さな、しかし確かな質的な差異を認識することなのである。

「心」は勢いを得ると、どこまでも拡《ひろ》がろうとする。「情《こころ》」はどこまでも深まろうとする。

探しているものは、どこか遠くにではなく、今いる場所を少し掘ったところにある。そう語る賢者は、歴史上にもけっして少なくないのである。

小林秀雄『近代絵画』

10 人生のモチーフ

芸術が生まれるところにはどんな形であれ、必ずモチーフが存在している。作り手に明確に意識されていないことも少なくなく、言葉では明確に語り得ない場合も多い。

そもそも、文学という言葉の芸術を別にすれば、芸術は非言語的であることを基軸にしているのだからモチーフが明瞭に語られる必要はない。画家などがモチーフを語ったりすると作品の魅力が減ずることすらある。

モチーフは「主題」と訳される場合もあるが、そんなに大人しいものではない。モチーフはフランス語の日本語表記で、英語で動機を意味するモチベーションと語源を同じくする。それは内面にあって、私たちに何かを表現せよと強く突き動かすはたらきにほかならない。作品が生まれる根本動機だと考えてよい。技量は優れているが訴えるものに欠ける、という作品が存在する。そこで問題になるのはモチーフなのではないだろうか。

モチーフが作り手にとって、真摯《しんし》な、そして切実なものである場合、作品が未完成であっても、見る者に強い衝撃を与えることは少なくない。

人生においてはどうだろう。生きるモチーフと呼ぶべきものは存在するのだろうか。それは生きる動機というよりも、人生をかけがえのないものにするはたらきなのかもしれない。

モチーフと目標は似て非なるものである。目標は達成でき、ひとたび成し遂げると徒《いたず》らに満たされて満足の沼と呼ぶべき場所から逃れられなくなったり、燃え尽きたようになり行き先を見失うこともある。

目標が目的になるとき、危機が潜んでいる。目標を通り越したところに自分の居場所を見つけられない。こうした現象は、学校の入試だけでなく、さまざまな場面でも起こることがある。目標は、どこまでも道標であるほうがよいのかもしれない。

仕事の現場ではしばしば、「モチベーションを高める」「モチベーションが下がる」という。それは「やる気になった」「やる気が失《う》せた」ことの別な表現だろう。モチベーションは上下する。乱高下することすらある。モチーフは違う。モチーフは漂うように存在し、静かに深まっていく。

社会で活躍している人が、急に目標を見失ったようになる。そんな人たちに出会ってきた。いろんな理由があるのだろうが、モチベーションとモチーフを混同していたこともその一つなのかもしれない。

モチベーションは、自発的であるように見えて、そうではない。会社や世の評価、あるいは賃金や処遇といったものに牽引《けんいん》されていることが多いのだ。いっぽうモチーフは自発的であるだけでなく、他の人の目には容易に見通せないかたちでその人の心の奥深くに宿る。

生きるモチーフという問題を考えるようになったきっかけは、小林秀雄がセザンヌを論じた文章を読んだことだった。はじめて読んだのは二十代だったと思う。二十年ほど経って、明らかに人生の後半に入ってきたとき、その言葉が忽然《こつぜん》とよみがえってきた。

ガスケという詩人は晩年にセザンヌと親しくなり、この画家との日々をまとめた一冊の本を残した。翻訳も出ているが、今は、小林秀雄の『近代絵画』にある言葉に立ち返りたい。

ある日、セザンヌはモチーフをつかんだ、といってガスケの前で祈るときのように両手を握り合わせた。「モチフとは、つまり、これだ」という。ガスケが怪訝《けげん》な顔をしているとセザンヌはこう続けた。

こういう具合にモチフを捕える。こうならなくてはいけないのだ。上に出し過ぎても、下に出し過ぎても、何も彼もめちゃめちゃになる。少しでも繋《つな》ぎが緩んだり、隙間《すきま》が出来たりすれば、感動も、光も、真理も逃げて了《しま》うだろう。解《わか》るかね。

このあともこの画家は、モチーフをめぐる自らの実感を語り続けた。その言葉には画家の告白といった趣があり、彼の作品が生まれ出る源泉の光景をかいまみる気さえする。少なくない言葉を発したあと、彼は最後にこう語るのだった。

要するに私というものが干渉すると、凡《すべ》ては台無しになって了う。何故《なぜ》だろうモチーフは、自分というものが鎮まったとき、力を帯びて顕現する。それをつかもうとしたり、自分の自由にしようとしたとたん、関係は見失われる。

人はモチーフを実現するために生きるのではない。むしろモチーフによって生かされている。モチーフは見えない守護者である。それがセザンヌという画家の実感だったのである。

高村光太郎と内村鑑三

11 書くとはおもいを手放すことである

本を世に送ると「作者」という呼び名が与えられ、本に記されていることを何でも知っているように遇される。だが、実感は大きく異なる。

作品名や本の題名は覚えていたとしても何を書いたのか、その本質はよく分かっていない。人は意識だけでなく、いわゆる無意識を活発に働かせながら書くからである。さらにいえば、意識が無意識とつながったとき、真の意味で「書く」ことが始まるとすらいえるように思う。

自分の最初の本を手にしたとき、奇妙というより、いわく言い難いという意味で妙な気分に包まれた。自分の名前が記されているのだが、自分のものではない心地が強くしたのだった。

本はたしかに手のなかにある。しかし、本の本質というべきものは、すでに翼を得て、未知なる読者にむかって飛び立っていったように感じた。気が付かないうちに大人になった子どもが、自分の道を見つけて親に後ろ姿を見せながら前に進んでいくような光景が胸に広がったのである。

書くことは手放すことである。書くことは言葉を育むことでもあるのだろうが、それは手放すことで完成する。

彫刻家で詩人でもあった高村光太郎に「首の座」という詩がある。この詩を読んだとき、自らの実感を裏打ちされたように感じ、創作の真義をかいまみたようにも思つた。

麻の実をつつく山雀《やまがら》を見ながら、
私は今山雀を彫つてゐる。
これが出来上ると木で彫つた山雀が
あの晴れた冬空に飛んでゆくのだ。
その不思議をこの世に生むのが
私の首をかけての地上の仕事だ。

（『高村光太郎詩集』）

光太郎の彫刻に魅了されるのは、彫刻の形や姿が美しいからだけでなく、そこに生じた不可視ないのちの実在にふれるからなのではあるまいか。

彫刻家はいのちを生む。しかし、それを自分の手のなかに留めておくことはできない。手放すことで彼の仕事は完遂する。

こうしたことは、本や彫刻にだけ起こるのではない。自分以外の人に対して行ったよいことや、成し遂げたと思えるようなものすべてにおいて留意すべきことなのだろう。意味あるもの、真の意味で善き出来事にするためには「手放す」さらには「忘れる」という営みの門をくぐらなければならない。

経歴や過去の実績の話を得意げにされると興ざめになる。そこに立ち顕われるのは、影のようなもので、今、生きているその人ではない。過去を誇る人は、もっとも魅力があるのはかつて行ったことではなく、それらを昇華させ今、ここに存在しているその人自身であるのを忘れている。

過去に失敗を経験した人は、簡単に過去を語らない。それを昇華させ、行動しようとする。

そうした人が語り、あるいは語らずとも体現する何かに異様なまでのちからがあるのは、今を生きることの重みを無意識に実感しているからだろう。

何かに執着し、誇ろうとするとき、人はそれを強く意識している。そのようなとき無意識はあまり活発に働いていない。

人生もまた、一つの創作である。むしろ、今を生きるということ以上に、創造性を求められることはないのである。

どう生きるかばかりに気をとられている人の言動が表現しているのは、ほとんどの場合、方法である。しかし、生きるとは何か、その本質を問う人は、生の本質を無言のうちに体現する。人は求めているものを全身で物語っている。

人生の隠された意味、人生の秘義を体現する人は、必ずしも世にいう成功者ではない。ひたむきに生きる市井《しせい》の人たちのなかにも賢者は存在する。

無教会のキリスト教を説いた内村鑑三に『代表的日本人』という著作がある。原文は英語で、内村はこの本を世界に向けて書いた。その試みは成就し、ケネディ大統領が愛読したという話もある。日本に陽明学《ようめいがく》をもたらした中江藤樹《とうじゅ》の章で内村は「真の感化とはなんであるか、この人物に学ぶがよろしいでしょう」と書いたあとこう続けた。

> バラの花が、自分の香を知らぬと同じく、藤樹も自分の影響を知りませんでした。
>
> （鈴木範久訳）

美しい香りを身にまとい生きている人でも自らが放つ香りに気が付かず、うつむき加減でいることもある。その人自身が見過ごしている善きもの、そうした何かを見いだすのは他者の役割である。

見過ごされがちな善きことに何を学ぶか。ここに人生の行き先を決定する重大な鍵があるように思われる。

アラン『幸福論』

12 人生はその人の前にだけ開かれた一すじの道である

人は困難に遭遇すると、それを打開する方法を知ろうとして自分以外の誰かを頼る。すべてのことを自分ではできない以上、そのことに詳しい人に適切な具体策をたずねた方がいいことも少なくない。

生活上はそれでよくても、人生においては、人から伝え聞いた方法だけでは十分に対応できない場合が多い。人生の出来事に処する方法がないのではない。ただ、言葉ではなかなか通じないのである。

読書法、文章法に関する質問をしばしば受ける。「コツ」を教えてください、というのである。

昨今では「コツ」とカタカナで書くようになった言葉はもともと「骨」と書いた。つまり「コツ」とは手軽にできる効率的な方法などではなくて、ある期間、真剣に取り組んだ者だけが体得できる方法なのである。

骨法という言葉もあるが、それは、あることの骨髄にふれる秘められた道程にほかならない。

経験のない人が、何回試みてもできないことを専門家は、ごく短い時間でやってみせる。すると経験のない人は、経験がないゆえに自分にもすぐにそれができると思い込む。ここに方法の罠《わな》がある。

詩やエッセイを書く講座を自分たちで運営するようになってから、今年で十一年になる。講演活動はそれ以前から行っていたのだが、あるとき、強い違和感を覚えた。話していることは伝わっている。しかし、それはほとんど実践されないだろうという予感だった。

かつての自分もそうだったが、講演会に臨むとき、発せられる言葉をなるべく聞き逃すまいとする。そのことにエネルギーを注ぐ。しかし、そこで聞いたことを実践しようとする前に次の事柄に関する方法を探すのである。

講座を自分たちで運営する必要を感じたのは、どうしたら書けるか、読めるかという方法を伝えるためではなく、書けない、読めないという状態にこそ意味があることを経験してもらう場が必要だからだった。

人は、真に試みているものに困難を感じる。私はピアノを弾けないとは思わない。まったく弾けないからである。弾けたらよいと憧れることはあっても、弾けないことに心を砕いたりはしない。だが文章は、毎日のように書けないと感じる。矛盾して聞こえるかもしれないが「できない」、そう感じるところに方法とは呼べない道のようなものが音もなく静かに開けてくるのである。

講座では、書けなくなったという声があちこちから聞こえてくる。私はその声を受け止め、心からの讃辞を送る。やっと、できないという地点に達したことを告げ、その困難に意味があることを分かち合う。

方法は自分以外の人から与えられることもあるだろう。だが、道は自分で切り開いていくほかない。フランスの哲学者アランが書いた『幸福論』には次のような一節がある。

幸福はいつもわれわれから逃げてゆくものだ、といわれる。ひとから与えられた幸福を言うのなら、それは正しい。与えられた幸福などというものはおよそ存在しないからである。しかし、自分でつくる幸福は、決して裏切らない。

（「四十七　アリストテレス」宗左近訳）

ここでアランが述べている幸福の法則と呼ぶべきものは、これまで述べてきた「道」にも当てはまる。方法に従っているとき、その先に見出すものは、必ずしも必要なものではないかもしれない。だが、「道」は、その人を必要としている何ものかへと導く。

学生時代は、極力、授業にはいかず、市中で行われている講演会に出向いた。そこが私の「大学」だった。

いろんな人の名前、考え方を知ったはずだったが、あるとき、心を病んだ。理由ははっきりしている。就職活動が始まって、社会で働くという現実と直面せざるを得なくなったのだが、世の中に足を踏み出せなかったのである。

どういうかたちであれ人は、あるときを境に、社会という海に船出し、人生という航海を始めなくてはならない。学生時代の私は、自分が望んだ知識、方法も学んでいたのかもしれない。しかし、人生の海に出るための勇気を見出すことができなかった。気が付けば、自信を失い、部屋に閉じこもるようになっていた。

生きる勇気を感じるようになったのは、何か方法を見つけたからではなかった。うまくは生きられない自分をそのままに受け容れようとしたとき、どこからか湧出してきたのである。転んでもよい。自分のなかからそんな声がしたのを覚えている。

道が人間を導くのは平坦な場所ばかりではない。あのときの私がそうだったように、試練が必要な人の前には、壁が立ち現れることもある。だが、そこには必ず、一見しただけでは分からない不可視な扉が存在する。「道」はいつももう一つの小路を準備している。ただ、それを見出すことを求めてくるのである。

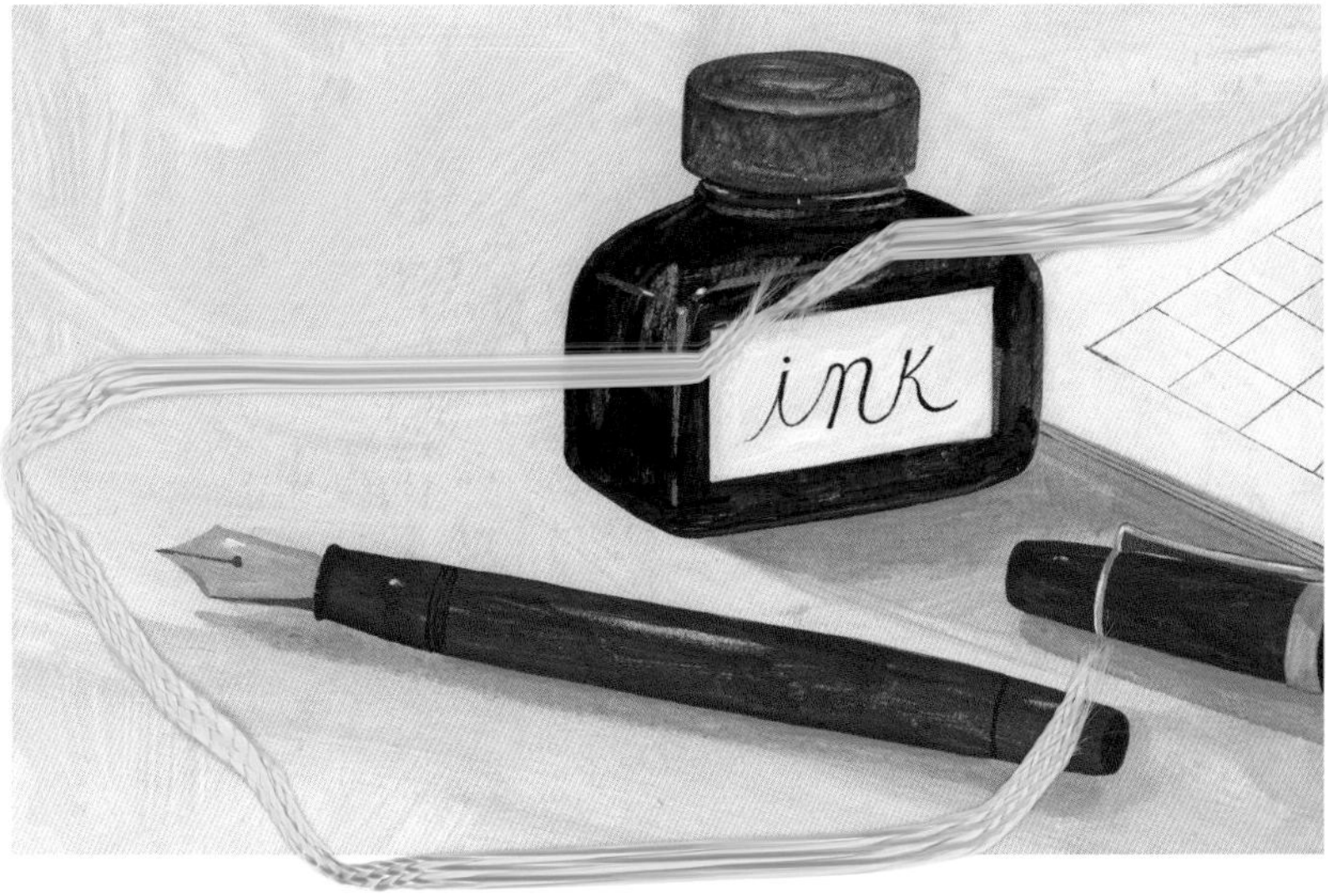
ink

ヴェーユ『重力と恩寵』

13 経験とは自己に出会い直すことである

人はさまざまな体験をする。しかし、その体験を経験にまで深めることができるとは限らない。体験と経験は似て非なるものである。

経験によって得たもののみが、真に影響となってその人を変容させる。変容は、自らの深まりを認識すると同時に世界、あるいは他者へと開かれていくかたちで生起する。いっぽう体験は、その人のなかだけで起こる。

哲学者の森有正はそう考え、「体験」と「経験」を峻別《しゅんべつ》した。もちろん、そこに生まれた差異は、森特有の哲学的定義であって、世の人が彼と違う意味で二つの言葉を用いる場合は少なくない。

だがここでは、森の言葉に従って、体験と経験を感じ直してみたいと思う。二十代のはじめ、彼の著作を読んで以来、経験という言葉は、彼に呼応するかたちで用いてきたようにも思う。それほどに影響は強かった。体験を経験化する。そこに人生の試練があるようにも感じている。

茶道や華道はもちろん、英会話やヨガなどでも「体験講座」という機会がある。試してみて、感じるところがあれば、正式に申し込む。そういう流れだ。継続できるかどうか、不安があるとき、試せるのはありがたいし、相性を確かめられるのも安心の材料になる。だが経験は、多くの場合、こうした安定的な流れのなかでは起こらない。経験の機会は、突然やってくる。あるいは、私たちの予想をはるかに超えた長さで持続的に起こることもある。体験講座の結論は、数日のうちには出るだろう。だが経験は、歳月を超えてやってくる。四半世紀の期間を貫くことも珍しくない。

体験は、未知なるものとの間で起こる。経験において未知なるものは扉であるに過ぎない。ほとんどは、既知というよりも、慣れ親しんだものとの間で生起する。経験を通して人は、ついに自己という、もっとも近しい存在に出会うことになる。

誰にでものっぴきならない現場というものが存在する。職場がそうであろうし、家事や子育てにおいても、友人や恋人との関係もそうなり得る。生きていくうえでかけがえのない場所で体験ばかりが積み重なり、経験の扉が開かないと、自分の道が見えなくなる。あるいは小手先の方法ばかりに心を奪われて、人生の道と呼ぶべきものとの関係を見失う。こういってもよい。生きるという営みの本質が見えにくくなる。

本質とつながらない経験はあり得ない。経験はいつも本質的である。体験は違う。

体験は本質よりも概念に結びつく。本質は多くの場合、語り得ない。概念はいつも言葉の衣をまとっている。

体験の地平を歩くとき人は、懸命になって答えを探す。経験において重要なのは解答めいた「答え」ではなく、応答というときの「応え」である。

答えは言葉にもなるだろうし映像化することもできる。だが、応えは違う。その核心は言葉にすることも可視的に表現することもできない。

人生に解答などないことは誰でも知っている。それでもなお、手応えのない人生は、ときに耐え難いものになる。

人を愛すること、あるいは、真に悲しむことをめぐる答えなど存在しない。誰かを愛し、その人を喪い、悲しむとき、人は、苛烈《かれつ》なまでに人生からの応答を感じる。「愛しみ」と書いて「かなしみ」と読む言葉の由来を全身で知ることになる。

生きていれば誰でも、危機と呼ぶほかない場面に遭遇する。問題は、そこからいかに人生を立て直すかにある。人生というよりも自分自身を立て直さねばならない。

フランスにシモーヌ・ヴェーユという哲学者がいる。アランに学び、熾烈《しれつ》な生を生き、切なる経験をめぐって言葉を紡いだ。一九四三年、三十四歳で亡くなった。生前は、一冊の本として著作を世に送ることはなかったが、遺稿となった『重力と恩寵《おんちょう》』は、没後八十年になる今日も読者に迎えられている。

この本には、頭で考えられただけのような言葉は記されていない。そうした文字を書くことをヴェーユは、自己への誠実を欠くと感じていたのかもしれない。ヴェーユも自己を立てなおさねばならない、そう感じることがあったのだろう。次の一節はそうした彼女の人生におけるたたかいのあとを如実に伝えている。

> 人間の偉大さとは、つねに、人間が自分の生を再創造することである。自分に与えられているものをつくり直すこと。自分が仕方なく受けとっているものをも、きたえ直すこと。
>
> （田辺保訳）

困難を前にすると、人間ができることは小さく、限られている、と感じる。そうしたとき人は、運命や宿命といった言葉を口にしたりもする。だが、ヴェーユの実感は異なっていたように思われる。

人生が私たちに提示するのは結論ではなく、問いである。人間は、それにどう応じるのかが問われている。問いを解答のように受容するのでなく、真の意味でそれとたたかい、生そのものを新たに創造できるか否かにかかっている。

試練にあるとき人は、出会った言葉を握りしめてよい。大切な人からもらったお守りをそうするように、言葉の護符と呼ぶべきものを身に強く引き寄せることがあってよいのである。

志村ふくみ『一色一生』

14 ほんとうの私であるための根本原理

書物を用いることが仕事であるような人であればもちろん、読書を愛する人でも、たまたま開いた本のページに、どうしても探し当てたい、そう希《ねが》っていたことが記されていた、そうした経験があるのではないだろうか。

願うことを人は意識できる。しかし、希うことは多くの場合、意識に上らない。

希望というものも、じつは、意識されるところとは別なところで私たちを支えているのではあるまいか。

さて、単なる偶然に過ぎないといえば、否定のしようもないが、偶然だといって終わりにすることのできない手応えのようなものがある。そんな経験は多くの人にあるのではないだろうか。むしろ人は、長い時間を費やして、仕事の現場にこうした出来事を招き入れようとしているようにも感じる。

もちろん、そこには法則のようなものはない。しかし、この偶然を超えた出来事がなかったとしたら、よい仕事というのは成り立たないようにも思う。

文筆という活動も例外ではない。私の場合、エッセイや詩よりも批評を書くとき、この創造的な偶然が不可欠になる。

批評家というと、何かを批判ばかりしているような印象があるかもしれないが、それは一面的である。くわえて、どこか怖そうな感じもするらしく、講演会などで実際に会うとイメージと違っていました、と言われることも少なくない。

「文芸評論家」と名乗れば、万事まるく収まるのは分かっている。それでも得をしているとは思えない批評家という呼称を、あえて使い続けているのは、自分が試みていることと「批評」という言葉に深いつながりがあり、批評という営みを復権したいからでもある。

「批」という言葉を辞書などで調べると「打つ」「たたく」という批判、批難につながる意味もあるのだが、「質《ただ》す」という意味もある。私が批評家の仕事としているのは後者の方で、批評とは、向き合う対象の本質を見極めようとする営みだと思っている。対象に優劣の判断を下したり、批判するのは「評論」であって、批評という仕事は、対象をまず、そのまま受け容れるところから始まる、そう信じている。

「評」という言葉の意味も多義的で、辞書には「はかる」「あげつらう」という意味が出ている。「評論」というときの「評」はそうかもしれない。しかし、私が批評という言葉に感じているのは、まったく別種の実感なのである。

漢字学者の白川静は、さまざまな辞書を作った。その一つに文字の成り立ちを記した『字統』があり、文字通りの意味で座右の書となっている。そこで「評」を調べてみると「はかる」「あげつらう」とはまったく異なる意味に遭遇する。それは「公平に評価すること。その語を評語という」とある。

つまり、批評とは、論じる対象の本質から目を離さず、そのありようを公平無私な精神で見極めようとすることだといってよい。批評家と称することで、それができているといいたいのではない。ただ、それを探究するところに何かがあるようには感じている。

敬愛する企業経営者と、仕事のありようをめぐって対話をしていたとき、最後は「運」かもしれないということになった。いかに「運」を呼び寄せられるか、このことの本質を考え続けたい、とこの人物は言った。

批評を営むときも、探している言葉が偶然見つかるという場合も、運というほかないものの助力が不可欠であり、さらにいえば、運が持続的にはたらくようになるのが望ましいのである。

先の人物が語った「運」は、宝くじなどが当たって「運がよい」というときのそれではない。それは幸運というときの運である。幸運は持続しない。彼が語ってくれたのは、運命に近いもので、偶然というよりは、よき必然といった語感を宿しているように感じられた。

彼が発する「運」という言葉にふれながら、同時に想い起こされたのは染織家で随筆家でもある志村ふくみの言葉だった。

若き日、仕事の道すじを定められずにいた試練のなかで彼女は、木工家の黒田辰秋から、仕事で大切なのは「運・根・鈍」の三つだと告げられたという。そのときのことをめぐって志村はこう書いている。

> 「運」は、自分にはこれしか道がない。無器用で我儘《わがまま》な自分はこれしか出来ないのだと思いこむようなもの。「根」は、粘り強く一つことを繰り返し繰り返しやること。そして「鈍」とは、材質を通しての表現である工芸は、絵や文章

のように、じかの思いをぶちまけて表現するものを鋭角とすれば、物を通しての表現であるから、直接ものをいうわけにいかない「鈍」な仕事なのだ。しかしそこにまた安らぎもあると。

（「糸の音色を求めて」『一色一生』）

器用に立ち回ることのできない自分は、眼前のことを愚直にやるほかない、真にそう思えたとき、「運」の道を歩いている、というのである。志村が書いているように、運と根と鈍ではなく、「運・根・鈍」と一気に読まねばならないのだろう。「運」は「根」と「鈍」とともにあるときはじめて、「運」たり得るに違いないからである。

「運」には「はこぶ」という意味がある。真の「運」が働くとき人は、進むべき場所へと導かれてもいるのではないだろうか。

ショーペンハウアーの読書論

15 思考の力から思索のちからへ

年齢を重ねてくると知り合いは増えてくる。だが、友はどうだろう。ことに親友と呼べるような人たちは、そう簡単には増えない。私の場合、限られた友との関係が深まっていく。そして、そのことに無上の幸いを感じている。

同様の実感が言葉をめぐってもあって、若いときは、人よりも多く言葉を覚えようとし、あえて難解な文字を用いることに満足を覚えることも少なくなかった。今は、一つの言葉との出会いとつながりの歴史のなかにこそ、深い充足と安堵を感じている。

言葉との関係を量的に見ていた時期に書いた文章は、どうあがいても活字にはならなかった。それどころか書けば書くだけ人知れず落胆の種になっていった。その頃の私は、どのように言葉を使おうかと懸命になって思案していた。

二〇一〇年八月、精確な日時は分からないが、お盆の前後のことである。言葉との関係が変わった。

自室のクーラーがこわれて、部屋の温度が体温をはるかに超えていたなか、何かに強く促されるように書いていた。半年前に伴侶を喪い、書くことでどうにか自分の命をつないでいたのである。もしも書くという営みがなかったら、私の人生はまったく異なったものになっていたと思う。

内心で一つの声がしたのを今でもはっきり覚えている。誰にも聞こえない無音の声で、しかし自分には、はっきりと感じられるように「言葉よ、力を貸してくれ」、そう言ったのである。

その声には自分でも驚いたが、素直なおもいでもあった。言葉を使うのではなく、言葉とともに仕事をする。こうした書く態度が、雷鳴が天空を走るように私の内心を貫いた。

言葉を使おうとするとき、言葉はその人の手中にある。言葉の働きを自分の手の中に納まる形に限定しているともいえる。だが、言葉のちからを借りて、ともに仕事をすることができれば、開かれてくる地平はまるで違ったものになる。なぜなら、たった一つの言葉にも、生きるのを諦めそうになった人間をふたたび立ち上がらせるような強靭《きょうじん》なエネルギーが蔵されているからだ。

ある人にとって「火」は紙を燃やすものに過ぎないだろうが、宮沢賢治のような人にとっては、自らのいのちを燃やし、人生という道を照らすものだろう。哲学者のプラトンにとって哲学とは、魂に不滅の火を灯《とも》そうとする営みだった。

もちろん、今でも言葉を使おうとすることはある。しかし、そう感じたとき、私はペンを手放し、本を手にする。読むことを通じて、新たな気持ちで言葉と向き合い、関係をつむぎ直すためである。

ドイツの哲学者ショーペンハウアーに『読書について』という著作がある。読書論の古典と呼ぶべき一冊なのだが、この本で一貫して説かれるのは、読書の効用ではなく、読書の罠と呼ぶべき現象である。そして彼が促すのは、読書ではなく、読書の彼方ではじまる思索なのである。「読書は、他人にものを考えてもらうことである」と書いたあと彼はこう続けている。

> 本を読む我々は、他人の考えた過程を反復的にたどるにすぎない。習字の練習をする生徒が、先生の鉛筆書きの線をペンでたどるようなものである。だから読書の際には、ものを考える苦労はほとんどない。自分で思索する仕事をやめて読書に移る時、ほっとした気持になるのも、そのためである。

（斎藤忍随訳）

思索なき読書とは、情報や知識のための読書であり、虚栄のためのそれでもあるかもしれない。こうした「なぞる」読書をしているとき、言葉は「使い」得るもののように映り、読書とは、本を書いた人の言葉の使いっぷりを眺めることであるのかもしれない。

「使う」と「用いる」は似た言葉だが、明らかに語感が異なる場合もある。対象が言葉であるとき、そして人間である場合がそうだ。

言葉を用いようとするとき、私たちの胸には言葉に対する畏敬、畏怖の念がある。人間に対しても同じだろう。だが言葉を、あるいは誰かを使おうとするとき、人は気が付かないうちに傲慢の心を宿し、迷路に足を進めている。

この本でショーペンハウアーが、思索へ通じる営みとして促すのは「書く」ことなのである。

真の意味で「読む」ときも「書く」ときも人はひとりになる。誰の人生にも、ひとりになり、言葉とともに歩き始めたとき、はじめて開かれる意味の扉、人生の門のようなものがあるのではないだろうか。

今西錦司の自然観

16 観るとは観えつつあることである

子どもにも生活の実感はあり、人知れず、深い悲しみを生きている魂も存在するだろう。そこには叡知の目覚めさえもあるのかもしれない。

しかし、そうした子どもにもまだ、人生観と呼び得るようなものは形づくられていないのではないだろうか。

「観」は「観《み》る」という意味だが、そこには物を見るという場合とは違う語感がある。

観察という言葉があるではないか、というかもしれないが、植物の生態を観察するという意味でこの言葉を用いるようになったのは比較的新しく、観察は「かんざつ」と読む仏教の言葉だった。それは、阿弥陀如来や仏の世界がまざまざと観えてくることを意味した。

原意を捉えてみると「観」と「見」の違いが気になってくる。人生観、価値観、世界観といういっぽうで、意見にはじまり、偏見、先入見、あるいは臆見という言葉もある。臆見とは、思い込みにほかならない。

見聞を広めるという表現があるが、偏見、先入見などの「見」の経験はときに閉鎖的で、放っておくと独断的な、狭い世界へと人間を封じ込めるらしい。

メディアが多様化し、さまざまな方法や意見を表明できるようになった昨今では、臆面もなく、偏見を言葉にする人に遭遇するのも、さほど珍しいことではない。

いっぽう「観」には、広がるというよりも、深まっていく動きがある。この一語の周辺には、深まらない「観」は未熟である誹《そし》りをまぬがれない、という雰囲気すらただよっている。

若いとき、私にはいくつもの意見があった。しかし、自分の、と呼べる価値観も世界観も、もちろん人生観も存在しなかった。何が価値であるのか知らず、世界という単語は知っていても、世界観というときに顕現する真の意味を知らず、人生にいたっては、まだ始まってもいなかったからである。

先日、生物学者の今西錦司を知る人と言葉を交わす機会があった。今西はダーウィンの進化論との対決のなかで独自の進化論を説いた。生前から彼の言葉は生物学という領域を超えて、思想、哲学の世界にも影響を与えていた。いつからかこの人物に魅せられ、気が付けば書架に彼の全集が並んでいるほどだから、考えている以上に影響を受けているのかもしれない。

今西に『私の自然観』と題する著作がある。そこで彼は、自らと自然とのつながり、さらには自然への態度の変化をめぐって次のように述べている。

> 西欧流の考え方では、自然に対置されるものは、人間である。しかし、私は、人間もまた自然である、と思うようになった。

自然と人間という関係ではなく、自然のなかにある人間を実感し得たとき、はじめて自然が観えてくる、というのである。素朴な表現だが「観」の本質にふれている。

「観」は、対象を客観的に眺めているだけでは生まれてこない。場合によってはそのなかに入って生きてみなければ経験され得ないものだと彼は考えている。

先の一節で「西欧流」と記されているのは、西洋近代以降の世界観においては、という意味だろう。

自然を人間に従属させるような行動は、地理的な意味における西洋社会に限定されない。私たちの国で起こった足尾銅山鉱毒事件や水俣病事件のような公害の底を流れているのも同様の価値観、世界観だからである。

人はどのようにして「観」を経験していくのか。『生物の世界』と題する本で今西はこう書き記している。

……この世界はいろいろなものから成り立っているけれども、それが混沌とした、でたらめなものでなくて、一定の構造を持った世界であるという私の世界観が、単なる思いつきや信仰に発したものではなくて、相当な客観的根拠を、とくに私の場合にはそれを生物の世界から得ているものであることを、おいおいと明らかにして行こうというのである。

人は誰も、「私」の世界観から出発せざるを得ないのだが、その経験は次第に世界の理《ことわり》と呼ぶほかないものの秩序に従って深まっていく。「観」の経験とは、個人的な認識から出発して、ついに普遍的な場所へ導かれていく精神の旅だというのである。

価値観を語るとき人は、自分が何を大切に思うかを語りはじめるのかもしれないが、次第に、価値とは何かを探究し始めることになる。世界、人生を問うときも同様のことが起きるのだろう。「観」の経験とは、私からはじまって、ついに私を包み込みながら超えていく何かに出会うことなのではないだろうか。

辰巳芳子さんとの対話と『二宮翁夜話』

17 本質を問う生き方

十年ほど前のことである。正月の松の内も明けないころ、親友の神父とともに料理研究家の辰巳芳子さんの自宅に呼ばれたことがあった。伝えておきたいことがある、ということで少し緊張しながら赴いたのを覚えている。

美味《おい》しいというだけでは不十分な、充実した手料理を食したあと、辰巳さんが心持ち強い視線で向こうを眺めるようにしてこう言った。

「若松さん、私はずっと、何を食べるべきかではなく、食べるとは何かを考えているの」。この一言は、私の全身を貫いた。その余韻は今も感じることができる。

料理はまったくといっていいほどできない私が、時間を忘れて辰巳さんと対話できたのは、辰巳さんが「食べる」というとき、ほとんど無意識に「読む」に、「料理する」というときは「書く」に置き換えても、まったく齟齬《そご》を感じなかったからだった。

丁寧な仕事を経て生まれた料理は、空腹を満たすだけでなく、空虚な心を満たすことがある。

言葉にも同じ理が生きている。手だけで書かれた文章は、あるとき人を驚かすことがあっても、その人を生の深みに導くことはない。いっぽう、どんなに素朴な姿をしていても、その人の生に裏打ちされた言葉は、予想をはるかに超えるはたらきをすることがある。

「食べるとは何かを考えている」という辰巳さんの言葉は、視野を広げるという類ではなく、視座を根本から変えるものだった。ものごとは、本質的に、かつ動的に考えなくてはならない、という態度だった。

　何を食べるべきか、あるいは、どんな本を読むべきかという問いには、ある物の名称、名詞が答えになる。しかし「食べるとは何か」あるいは「読むとは何か」という問いを前にしたとき、名詞的な回答は、ほとんど意味をなさない。そこには人間の参与が不可避的に必要になる。生きて、経験し、その上で語ることが求められる。

　辰巳さんとの対話においても、同質な暗黙の約束があったように思う。知識や情報を軸に発した言葉は、対話する二人のあいだにつながりを生むことなく、流れ去っていくからだ。

　知識や情報が価値となる、大学のような場所があるのは理解できる。だが、それとはまったく異なる価値に貫かれている世界も存在する。そこでは、何を知っているのかということよりも、その問いを前に、どう生きたのかがまず、問われる。辰巳さんとの対話を経ても、「食べる」とは何かという実践は、不十分の誹《そし》りをまぬがれないが、「読む」とは何かの探究を止めたことはない。

「読む」とは何かをめぐる師は、歴史上に幾人かいるが、なかでももっとも深く教えられるひとりが二宮尊徳だ。幼名の金次郎の方に親しみを覚える人が多いかもしれない。

二宮尊徳は農政家、農業改革者と紹介されることが多いが、その名称に留まらない。彼の仕事は、今日の言葉でいうと経営が立ち行かなくなった地方自治体を再建することにあった。彼の教えによって再生した村は一説によると六百を数えるという。

同時に彼は、独創的かつ深甚な哲学を身に宿した思想家でもあった。彼は「読む」とは何かをめぐっても示唆にあふれる言葉を残している。

四書五経のような古典は、ある人にとっては「水」となるが、多くの場合「氷」

のようになっている。つまり、そのままではふれることもできないだけでなく、生の潤いになることはない。古典には注釈書、解説書があるが、そうしたものも「氷」に連なる氷柱《つらら》のようなもので、世を潤すに十分な「水」をもたらさない。「氷となった経書を世の中の用に立てるには、胸の中の温気《うんき》（暖かみ）をもってよく解かしてもとの水として用いなければ世の潤いになら」（『二宮翁夜話』児玉幸多訳）ない。それが尊徳の読書法だった。

さらに彼は「解かすべき温気が胸中になく」、解釈することに終始して「氷のままで用いて水の用をなすと思うのは愚かの至り」であるとも述べている。

「氷のままで用いて水の用をなすと思うのは愚かの至り」（同書）という一節は「読む」ことだけでなく、さまざまな場面における警句となるのではないだろうか。知ったこと、出会ったこと、経験したことであっても他者とそれを分かち合うためには、一たび「胸の中の温気」でそれを暖めなくてはならないのかもしれない。そうすることで、出来事が人を養う糧へと新生するように思われるのである。

18

河合隼雄と貝塚茂樹

ことばは発せられた場所に届く

晩年に行われた講演で小林秀雄が、深い感慨を込めて諺《ことわざ》のはたらきにふれ、真の意味で批評家であろうとするなら、——つまり、人生の本質に接近しようと試みるなら——諺というものから離れて行うことはできない、と語っていた。

「良薬口に苦し」という諺がある。良き薬は、しばしば容易に受け入れがたいというのである。

ここでの「薬」は、心身を養うさまざまなものだが、何を薬にするかによって人生はずいぶん違ってくるように思われる。ある人にとっては、失敗が薬になるだろうし、ある人にとっては試練がそうなるかもしれない。薬とは忠言である、という人もいるだろう。

「忠言」を辞書で調べると、忠告のことであり、人の行為を諫《いさ》める言葉だと記されている。誤りではないのだろうが、もしも、それだけのものであれば、容易に受け容れがたいのも理解できる気がする。

行き過ぎたことをなすとき人は、他の誰かから忠告される前に、自らの内部から発せられる忠告の声を打ち破って行っていることが多いからである。他者からの忠告は、火に油を注ぐように、過剰な行為に拍車をかけることすらある。

そのいっぽうで、どんな言葉も制御できなかったことが、ひとすじの涙によって止まることもある。無言の涙が、千言を費やされた忠告に勝るのである。

こうしたときに流れる涙は、人を説得しようとはしていない。ただ、語りたいことが胸を渦巻きながらも、語るべき言葉を持たないことを全身で表現している。語られた言葉を拒絶し、無視することはできる。しかし、語られざるものを拒むのは容易ではない。

哲学者の井筒俊彦は、言語を超えた意味の顕《あら》われを「コトバ」と表現したが、あるときの涙は、どんな言葉よりも強靱《きょうじん》なコトバになる。

読む、書く、聞く、話す、どういう形であれ、言葉とコトバにまつわることを仕事にしているので、少しずつであっても言葉とコトバの理にだけは通じてくる。言葉であれ、コトバであれ、それが発せられたのと同じところに届くのである。

つまり、「あたま」から発せられたものは、相手の「あたま」に届き、「こころ」からのものは「こころ」に、そして「たましい」から発せられたものは「たましい」に届くように感じられる。

「たましい」とひらがなで書いたのは、心理学者の河合隼雄である。彼が「たましい」という表現を用いたのは最初の著作なのだが、この表現を思うままに用いるようになったのは、およそ二十年後だった。不用意に書けば、不必要かつ甚大な誤認を生みかねないと考えたのだろう。杞憂《きゆう》ではなかった。二十年の沈黙を背負ったこの一語は今日、その沈黙の長さと重みゆえに、河合の生涯だけでなく、心理学の本質を捉えなおそうとするときにおいても、最重要の鍵となる言葉になっている。

『宗教と科学の接点』と題する著作で河合は「たましいはもちろん実体概念ではない。それは時間、空間によって定位できない。しかし人間はたましいの作用、あるいは、はたらきは体験する」と述べている。触《さわ》ることはできないが、深く経験し得る。「たましい」のあり方はどこか意味のそれに似ている。

河合は「こころ」と同義で「たましい」という言葉を用いていない。「こころ」の奥にある何ものかを指している。「こころ」は容易に揺れ動く。しかし、「たましい」は簡単には動じない。

ただ、「たましい」の問題は、それが深い場所にあるだけ、いっそう真剣な態度で向き合うことが求められる。同じ本で河合は、治療のためにユングを訪ねた人々にふれ、こう書いている。

> ユングのところによく治療を受けに来たと言われる、社会的には成功し、物質的には何の不足もないのに、生きてゆく気力がまったく無くなったような人たち、これはたましいとの接触を失った人と考えてみてはどうであろうか。

ユングにとって心理学とは、そもそも「たましい」の治癒のために試みられた学びの道だったというのである。

『論語』を繙《ひもと》くと「忠」という文字にしばしば出会う。湯川秀樹の兄でもあった中国史学者の貝塚茂樹は、この一語に「まごころ」という訳語を当てる。忠言とは本来「まごころ」からの言葉であり、忠告は「まごころ」が相手の「まごころ」に何かを告げる行為なのだろう。涙があれほどの力を持つのも「まごころ」から発せられているからなのではないだろうか。

湯川秀樹『天才の世界』

19 賢者のあやまり

ある地点に立ち、決断を迫られる。人生であれ、仕事の上であれ、生きていれば必ずそのような場面に遭遇する。そうしたときは、誤った路《みち》を選ばないように現状を正確というよりも精確に分析し、把握しなければならない。

このことに異論はないだろう。ただ、こうした決断とは性質を異にする、もう一つの決断を、私たちはそれに先んじて、気が付かないうちに行いながら生きているのではないだろうか。前者を見える決断、後者を見えない決断と呼ぶことにする。あるときまで、人生を決定するのは前者だと思っていた。しかし今は、後者に圧倒的な影響力があるのを疑わない。矛盾するように聞こえるかもしれないが、より慎重であるべきは、見えない決断においてであるように思われる。

誰にも人生の岐路がある。岐路は、個人の人生においてのみ経験されるのではない。企業、あるいは国家という大きな共同体においても存在する。ただ、岐路はどこまでも、わかれ路であって、明らかな地点としては顕現しない。

ここに最大の困難がある。あとになって、あのときが人生の分岐点だったと語ることはできても、振り返ったときのように「点」は、明瞭に経験されるわけではないからだ。

分岐点から岐路が始まるのではない。分岐点は岐路のなかにこそ在《あ》るのである。分岐点では決断を迫られる。だが、それよりもずっと以前に人は、茫漠《ぼうばく》とした岐路の光景を前にしつつ、気が付かないうちにある路を選んでいる。

　こういった方がよいのかもしれない。見える分岐点の前には必ず、いくつかの見えない分岐点が点在している。

　人は「点」を生きることはできない。認識し得るのは点ではなく、いつも「流れ」である。流れに身を任せるほかない、誰もが一度はそう口にしたことがあるだろう。ただ、こうした表現の背後にあるのは、流れに身を任せるのはけっして容易なことではないという実感でもある。

　慌ててはならない。しかし何もしない、というのでもない。高度かつ、開かれた緊張感のなかで人生と無言の対話をせざるを得ないとき人は、流れに身を任せると語るのではないか。

　人生を海に、生きることを航海に喩《たと》える人もいる。航海とは、大きな流れのなかに見えない航路を見出すことにほかならないが、人生は、己《おの》れという船の航海士になつたときに始まるともいえるのだろう。

先見の明という言葉がある。見えないはずの路の行き先が、ある人には明らかになっている。そう感じられることは時折、経験される。ただここでいう「明」は、明瞭、明白というときのそれではなく、暗がりにほのかに光る明かりのようなものなのではあるまいか。

人生において先見の明があるなどとはけっしていえないが、先見の明は日常的に経験しているとも感じる。文章を書くとは、暗がりの「明」を信頼しつつ、言葉と対話することにほかならないからである。

『天才の世界』と題する湯川秀樹の語り下ろしの著作がある。初めて読んだのは高校生のときで、今も愛読している。

日本で最初にノーベル賞を受賞したこの物理学者が、最初に天才として挙げるのは弘法大師・空海で、この選びにも湯川秀樹という人物の秘密がかいま見られる。湯川は短歌を詠む人であり、よき随想の書き手でもあった。稀代《きたい》の科学者でありながら人間を超える存在に開かれた人でもあった。彼にとって科学とは、この世界、あるいは宇宙と呼ぶべきものとの終わりのない対話だといってよい。
『天才の世界』は全三巻で、最後に取り上げられたのがエジソンだった。空海に始まりエジソンで終わる。二人はともに理論家であるよりも実践家だった。ここにも湯川の人生観を感じる。

エジソンにふれつつ湯川は、「天才というのは、ある意味ではひじょうに先見の明があるんですけれども、人間の先見の明というのは必ずかぎりがあって、また誤りがあ」ると述べている。エジソンは自動車の未来は「ガソリン・カー」ではなく「電池自動車」にあると信じていた、というのである。

この本の初版が出た一九七九年当時なら「電池自動車」の可能性にこだわったエジソンの決断は誰の目にも誤りだった。だが四十年ほど経過した今日になるとエジソンの先見の明に驚かされる。

湯川の誤りを指摘したいのではない。ただ、何が正しいのかを考えるにおいて私たちは、もう少し慎重であってよい、改めてそう思うのである。

吉田兼好『徒然草』

20 三つの「しるし」を感じとる

天候とは、天が、ある状態に「在る」ことを指す。雨も晴れも天候であることに変わりはない。候は「そうろう」とも読み、昔の人は、自らのありようを示す言葉として「……に候」などと書いた。吉田兼好の『徒然草』の第百九段にも「あやまちは、やすき所に成りて、必ず仕《つかまつ》る事に候」という一節がある。

古文は直訳するとしばしば色褪《あ》せた意味になる。試験などで試みてはならないが、古文の場合、「読む」現場では大胆に意訳した方が学ぶところが多い。先の一節も私なら、こう理解する。「過ちは、大丈夫だろうと感じるところでこそ、犯してしまうものでございます」。

『徒然草』に限らない。古典と呼ばれる書物には、ひとりで読んでいると胸が痛くなるような言葉がちりばめられている。誰かとともにであれば、こうしたことは世に多くあるのだと笑っていられても、ひとりで言葉と向き合うと伝わり方はまるで違ってくる。日ごろ、顧みなかった心の深部に言葉が届くのである。

先に引いた一節のあとにも兼好は蹴鞠《けまり》を引き合いに出して「やすく思へば、必ず落つと侍《はべ》るやらん」と書いている。難しいところよりも、気を抜いたときに鞠は落ちる、というのである。

「心読」という言葉がある。文字通り、心で読むことなのだが、心で読まざるを得ない状態を指すともいえる。心読は、意図してもなかなか始まらない。思いが強すぎるとどうしても「あたま」が先に働く。思考が独歩して、感情が付いていかないのである。

心読とは、感情を働かせながら読むだけでなく、見過ごしがちな自分の心が言葉によって照らし出される経験でもある。

ドストエフスキーや漱石のような作家の作品を読んでいると、物語の場面がありありと心に浮かぶと同時に自分の人生が走馬燈《そうまとう》のように浮かび上がってくる。そんな経験をした人は少なくないのではないだろうか。同質のことは絵画や彫刻においても起こる。

ちからを宿した芸術作品にふれ、一篇の妙《たえ》なる詩を読んだような気分になる人もいるだろう。

「読む」という言葉は、さまざまな場面で用いられる。私たちは本や心だけでなく、空気や時代をも「読む」。ある場面や状況を前にしたとき、言語とは異なる目には見えない意味のあらわれを、そこに読んでいるからなのだろう。

漁業や農業に携わっている知人と話していると天候を読むことが、仕事の核心にあることが分かる。読み間違えるとそれまでの仕事が水泡に帰すばかりでなく、命にかかわる事態にもなりかねない。

彼らは、明日は晴れるだろう、というような大まかな把握で行動するわけにはいかない。もっと繊細な認識が求められる。

天候に似て、兆候《ちょうこう》という言葉がある。同じ読みだが徴候、さらには潮候とも書く。辞書を引くと兆候と徴候にあまり差がないように記されている場合もあるが、「兆《きざ》し」と「徴《しるし》」は明らかに違う。

「兆し」は、ほとんどの場合、目に見えないが、「徴」は、本来は目に見えないはずの何かが、人間に感覚可能なかたちで顕現している現象を指す。たとえば、『新約聖書』において「徴」は、イエスが行った奇蹟《きせき》を意味し、徴ばかりを求める人間たちをイエスが静かに戒める場面も描かれている。

「潮候」とは、干潮、満潮の時期であり、人生でいえばさまざまな「しおどき」を指す。

三つの「ちょうこう」は、段階的に感じられるものではない。私たちは三つを同時に感じる必要がある。そうでなければ危機回避と現状認識、そして決断の「とき」を見出せなくなってしまう。どれか一つでも欠けていると、大きく方向を見誤る場合も少なくない。

哲学者であり、日本にシュタイナー思想を紹介した高橋巖《いわお》が『美術史から神秘学へ』と題する著作で、ドイツ・ロマン派の画家カスパー・ダーヴィト・フリードリヒにふれ、この画家にとって絵を描くとは「見えないものを見えるようにすること」にほかならなかった、と述べている。

同質の理は、世にいう仕事の世界においてもいえるのではないだろうか。仕事の本質もまた、「見えないものを見えるようにすること」に究極するように思われる。

教養のためなどではなく、よい仕事をし続けるために、もっと美の遺産に学んでよい。そこにはしばしば、言葉をはるかに凌《しの》ぐ確かな意味が、豊かに存在しているからである。

吉本隆明『詩とはなにか』

21

力の世界から、ちからの世界へ

晩年、思想家の吉本隆明さんと何度か会い、短くない時間、語らうことができた。

話し込んでいるうちに夕餉《ゆうげ》の時間になり、揚げたてのコロッケ——吉本家の名物だった——をともに食したことも何度かあった。

当時の私はまだ、雑誌に何作かの作品を発表しただけで、本を送り出したこともなく、ひとりの文学愛好家として吉本さんの前に座っていたに過ぎない。

記録に残るような対談をしたわけでもないし、取材めいたことで会ったのでもなかった。ただ、延々と話をしただけである。あいだを取り持ってくれたのが娘の吉本ばななさんで、「父さんの作品が好きな人が行く」、というくらいの紹介だったらしい。

話してみれば、ばななさんの方法がじつに的を射ていることが分かった。隆明さんには、いわゆる肩書はもちろん、職業名などの情報はまったく必要なく、ひとりの人間が、何かのっぴきならない問いを胸に宿して、そこに存在していれば、それで足りる、といった感じだったからだ。

誰が相手であれ、自分がそのとき真剣に考えていることを全力で語り始めるし、投げかけられた問いは全身で受け止めようとする。別ないい方をすれば、彼は眼前の人をあたかも、ひとりの代表者であるかのように対話するのである。

吉本さんと二人だけのこともあったが、別な人が座を同じくすることもあった。

その別な人に対しても吉本さんは、その人の背景を気にかけることなく、ただ対話を深めることに注力しているようだった。つまり、問われるのはどんな知識を有しているかではなく、その人がどう生きているかなのである。

会話で吉本さんが一度ならず口にし、そしてそれゆえに深く印象に残ったのが「力量」という言葉である。「もっと（自分に）力量があれば」と言うこともあったし、親鸞にふれたときだったと思うが、「あの人のようにすごい力量があれば」と語ることもあった。

力量という月並みな言葉も吉本さんの口からでると、まったく異なる語感を伴ってくる。力量と彼がいうときの「力」は、語学力、語彙力、理解力、表現力などとはまったく違う。むしろ「ちから」とひらがなで表記し、特定の方向への囚《とら》われなきはたらきであると表現したくなるものだった。

「量」の一語もまた、重量的というよりは熱量的なもので、ある種のエネルギーのように感じられた。

また、彼がいう力量は技量と無関係ではないが、質を異にするものであり、技量をどこまで高めても、力量の地平には至らないということが前提であるかのようだった。

技量は訓練と学習を積むことで、ある程度まで達成できる。だが、それに力量が備わっているとは限らない。なぜなら力量という言葉にはどこか、他の人と比べようがない、その人独自の、という語感があるからである。

吉本さんは批評家、思想家として紹介されることが多いが、独創的な詩人でもあった。『詩とはなにか』と題する本で、詩を書く営みをめぐってこう書き記している。

> 詩とはなにか。それは、現実の社会で口に出せば全世界を凍らせるかもしれないほんとのことを、かくという行為で口に出すことである。

全身を賭して「口に出せば全世界を凍らせるかもしれないほんとのこと」を書くこと、それが彼にとっての詩作だった。力量とは何かという問いに己《おの》れを賭すちからだといってもよい。

技量、力量に似て、器量という言葉もある。「器が大きい」、「器が小さい」、「器ではない」ということもある。「大器晩成」という表現もある。ともあれ、人間が成熟していくとき、「器」と呼びたくなる何かを内に蔵さなくてはならないらしい。

ここでいう「器」は、鉄製の頑丈なものではなく、乱暴に扱えば欠けてしまう繊細なもので、皿のように平たいものではなく、深みをもったものでもあるのだろう。私たちはそこに、ほかの人の目には見えないところで流した汗や涙を蓄える。それがいつしか清水となって私たちの内界を浄化し、育むのではないだろうか。

戦国時代に始まり、現在に至ってもなお、表現しがたい熱情をもって一個の茶碗《ちゃわん》を求める者たちがいる。動機や理由、目的もさまざまであることは歴史が証明しているが、なかには美しい茶碗の訪れを、己れの成熟した心の顕現であると捉えた人たちがいたことも事実である。美の経験と心の成熟には分かちがたい相補関係があるように思えてならない。

ヴァレリーの『文学論』

22

書くことによって人は己れに出会う

夏になると、決まって想い出されるのは、中学生の自分が夏休み前、通知表を手に重苦しい気持ちで学校から戻り、家の扉を前にして、大きくため息をつく姿だ。落胆とやるせなさの入り混じった、自分であることへの当惑の証《あかし》のような嘆息なのである。

成績は芳しくなかった。特に振るわなかったのは「国語」で、五段階の評価で「二」が定位置だった。

今から考えると理由は明らかで、「このとき作者は何を感じていたのか」という出題に、作者ではなく自分が感じたことを選んでいたのである。問いを読み違えているのだから、正解にたどり着きようがない。試験の結果も散々だった。

ただ、明らかな至らなさを前にしながらも、文章を自分がどう感じるのかという態度だけは改めようとしなかった。

頑《かたく》なだったのでも、徒《いたずら》に自己を主張したかったのでもない。ただ、自分の認識が世に「誤り」とされるものであっても、そこには容易に否定しがたい何かがあると感じていたようなのである。

学校が求めていたのは「読解」だった。意味の飛躍は戒められ、目にする言葉を忠実に理解することが求められた。だが、中学生ながらに私が試みていたのは読解というより「解釈」的に読むことだった。

「釈」とは、固まりを解きほぐすように意味を明らかにすることである。作者が書き得たことだけでなく、書き得なかったことを読み取る。記された文字は、書き得なかったことへと飛躍するための踏み台のようなものだった。

もちろん、こうしたことが当時に実感されていたわけではない。胸中にあったのは世になじめない深い戸惑いである。それでも忘れがたいのは、文字の世界の奥にかいま見た、意味の世界の美しい光景なのである。

中学生のときは本などまったく読まなかった。けれども試験を受けているとき、ある文章を読み、接点というよりも融点のようなものに達すると言葉の扉が開いて、世界の深みに導かれるように感じられ、唖然《あぜん》とすることもあった。

正解を超えたところに美しい何かがあるという経験は、人生のありようを変えた。基軸が正解から美に変じたのである。

美は曖昧だという人は、正解から美を眺めているのかもしれない。美は強靭《きょうじん》なちからを持つ。どんな分野であれ、深い経験はどこか美しいのではあるまいか。

文章を前にするとどうしても「正しさ」に囚《とら》われがちになるが、絵や音楽を前にすれば状況はまったく違ってくる。いとも簡単に「正しさ」を超えた地平に招かれる。さらにいえば、正しさの世界に疲れ、そこから脱出するために人は、美を求めるのではないだろうか。

高校生になり、科目名は「国語」から「現代文」に変わったが、読解をめぐる困難は変わらなかった。

大学受験を控えた夏休み、東京に出て来て、予備校に通ったことがある。「現代文」の講師は、文筆業にも携わっていた人物だったようで、開講してほどなく、滔々《とうとう》と自説を語り始めた。的確に正解を見つけられるようになっても文章を書けるようになるとは限らない。問題を解くことと「書く」ことは地平を異にする、という話だった。

この講師は現代文だけでなく、小論文も担当していて、現代文のあとには小論文の講義があるので、関心のある人は出てみて下さい、ということで話が終わった。

「書く」という営みと自覚的につながったのはこのときである。そのまま教室に残って小論文の講義にも参加した。現代文では満席だった教室が数名になっていた。読む人は多く、書く人は少ないのだとこのときも思った。

予備校からの帰り道、古書店の軒先で、戦前に刊行され、表紙も取れそうなフランスの詩人であり哲学者でもあったポール・ヴァレリーの『文学論』を百円で買った。薄い格言集のような著作で、たまたま開いたページにはこう記されていた。

> 書く、それは予見することである。
>
> （堀口大學訳）

ここでの「予見」とは単に未来を先取りする、という意味ではない。書くとは、人生の暗がりに光を招き入れようとする試みだというのである。

続けてこう記されている。

どんなに自己を知らずにいるか、自分の書いたものを読みかえして初めて気がつく。

ヴァレリーは正しい。真の意味で「書く」とは、単に自分の考えを文字化することではなく、未知なる自己を探究することにほかならないからである。

ティク・ナット・ハン『沈黙』

23

念《おも》いを深める

長年の願いが叶《かな》ったのにあまり喜びを感じなかった。そんな経験は多くの人にあるのではないだろうか。そのいっぽうで、起こったときはさほど感じなかったが、時間を経るにつれ喜びが深まってくる、という場合もあるだろう。

願いにはさまざまな姿がある。願望、悲願、嘆願、哀願、念願という表現もある。

念願がかなって、という言葉にふれる機会は少なくない。私もあるときまでは、この言葉にさほど関心を寄せておらず、深い意図もなく口にしていた。今は、この一語が心から離れることはない。

「念」の文字との関係が一変したのは、「念い」と書いて「おもい」と読むのを知ったときだった。強い衝撃の経験を雷に打たれたようだったというが、あのときの私は確かに内界に響き渡る雷鳴を聞いた。

本を読むにせよ、文章を書くにせよ、その核心にあるのは人の「おもい」である。読み、書くことだけではない。話し、聞くことにおいても「おもい」によって人はつながっている。

「念い」という言葉にふれたときどこからか声がして、おまえはこれまで、果たして「念い」を言葉にし、「念い」を理解してきたのかと、誰かに問い質《ただ》されたように感じた。

「おもい」を表現する漢字は、優に十を超える。さまざまな場でこのことをめぐって講演をし、参加者に確かめてきたが、ほとんどの人は「思い」と「想い」の二つを挙げたところで終わる。

意い、憶い、惟い、顧い、懐い、忖い、恋い、調べる時間を厭《いと》わなければ、さらに多くの「おもい」にふれることになるだろう。

それぞれを熟語にしてみると意味がいっそう明らかになる。意図、記憶、思惟《しい》、回顧、懐古、忖度《そんたく》、恋愛、そして問題は念願である。

念を熟語にしてみると、この一語によって表現されているものが、私たちの意識の最深部に関係することが分かってくる。祈念、念仏、あるいは疑念、失念という言葉もある。

二〇二二年に亡くなったティク・ナット・ハンという仏教者がいる。ベトナムに生まれ、非暴力によってベトナム戦争に反対したが、影響力が強くなるのに従って政府との衝突も烈《はげ》しくなり、一九六六年にフランスに亡命を余儀なくされた。以来、フランスを拠点にしながら活動を続けた。その影響は文字通りの意味で世界的だったといってよい。

彼を知らない人も「マインドフルネス」という言葉を聞いたことがあるのではないだろうか。仏道とは「マインドフルネス」を生きることである。彼は幾度となくそう語った。

彼の本を初めて手にしたのは一九九九年、仕事でアメリカに赴いたときで、書店で平積みされていた本を彼の名前も知らないまま手にした。原題は *GOING HOME*、副題には「兄弟としてのキリストとブッダ」と記されていた。ここでの「ホーム」は単に家庭や家ではなく、魂の故郷を指す。

この本にも「マインドフルネス」という言葉は幾度も出てくる。当時は、インターネットで調べてもこの言葉の説明はあっても、この英語の本質をそのまま日本語に置き換えた言葉に出会うことはできなかった。

ティク・ナット・ハンに『沈黙』という著作がある。この本の次の一節に出会ったとき、「念」とは何かを問い続けてきた暗がりの道に強い光が射しこんできたように感じた。

呼吸と日常の活動における体の動きがどのように連動しているかに焦点をあわすと、すなわち、呼吸と体が一体となると、失念《フォゲットフルネス》ではなく、正念《マインドフルネス》の生活が実現できるのです。

（池田久代訳）

伝統的な宗教はどれも呼吸を重んじる。呼吸を深く感じ直すことは、そのまま聖なるものとの出会いにつながると説く。キリスト教における聖霊を意味するギリシア語「プネウマ」は風、そして息という意味を合わせ持つ。

だが、ここで問い直したいのは呼吸の問題ではない。ティク・ナット・ハンが説く「マインドフルネス」が「正念」と同義であるということである。念をあるがままの状態にすること、そこに仏道の始まり、すなわち、人の道の原点がある、というのである。

念とは、「わたし」の原点であると同時に人間の原点でもある。そこに立ち戻ろうとする願いを念願と呼び、その場から発せられる助力を必要とするとき私たちは、正念場だというのだろう。

思いを共有しただけでは信頼は生まれない。真の信頼は、念いによってつながるとき湧出《ゆうしゅつ》するのである。

高田博厚とロマン・ロラン

24 運命に出会うために考えを「白く」する

さまざまなことを考えたのちに、原点に立ち戻って考え直そうとすることを「白紙に戻す」という。途中まで書いた文章をまっさらな状態から書き直すという場面が想い起こされるが、契約の白紙撤回というと肯定的な意味を含まないような印象もある。

慣用句ではないのだが、私のなかにある辞書には「考えを白くする」という言葉が記されている。白紙に戻すと似ているが少し語感が違う。思い込みや偏見、逃げ腰になる傾向を手放して、問題とまっすぐに向き合い直すことを意味する。

この営み——習慣といった方がよい——は、読む、書くはもちろん、人の話を聞く準備としても重要である。

多くの場合私たちは、自分にとって関心あるもの、価値があるものを受け取ろうとし、その枠を超えるものをほとんど無意識のうちに手放している。

漢字学者の白川静によれば、「白」という文字は、髑髏《どくろ》、すなわち白骨化した頭部を象形化したものだという。髑髏には、私たちの「考え」ではなく、事実、あるいは真実を象徴するはたらきがある。

ここに虚飾を排した真の自己のありようを見たのが禅僧の一休宗純で、彼は正月、人々が喜びに浮かれているとき、長い杖《つえ》の先端に髑髏を付けて、人は誰も死んだらこうなるのだ、そのことを忘れてはならないといいながら街を練り歩いたと伝えられる。
何かを決断するときも、考えを白くする必要がある。そうしたとき私は、彫刻の前で時を過ごす。

長野県の安曇野市豊科近代美術館には、彫刻家高田《たかた》博厚《ひろあつ》の代表作のほとんどが展示されている。はじめて訪れたのは、大学を卒業した翌年の一九九三年だったように思う。彫刻との対話を最初に経験したのはこのときだった。

当時、哲学者の森有正の文章を愛読していた。森は尊敬する人物に一度ならず高田の名前を挙げていた。彼の彫刻を見たことはなかったが、森がいう内面からの促しに従うように雪の中、ひとり美術館に向かった。

昼頃に到着し、閉館する数分前までいた。寒さが厳しかったこともあり、展示室で人に会うこともほとんどなかった。三十年経過しても、あの日、展示室に充《み》ちていた澄んだ空気のありようは今日のことのように想い出すことができる。

美術館は作品を見るだけの空間ではない。美が醸し出す空気にふれる場でもある。

高田博厚は胴体部分の作品、いわゆるトルソーだけでなく実在する人物の胸像を数多く制作している。驚いたのは、その作品の多くが自分の意中の人物でもあることだった。

アラン、ガンディー、西田幾多郎、中野重治、宮沢賢治、中原中也、新渡戸稲造、内村鑑三など、彼らの像を前にして、姿を見たこともないにもかかわらず、聞いたことのない肉声を想い出しながら、懐かしい気持ちに包まれていた。彼らは実在する。亡きあとも今もここにいる、そう感じていた。

なかでも打たれたのがロマン・ロランの像だった。ヨーロッパが戦争に巻き込まれていくなかで、平和の重みを語り続けた人、神を語らずに神を畏敬し、人間の可能性だけでなく、その責任を問い続けてやまなかった人。人は誰も内に固有の使命と聖なるものを宿していると確信していた人でもある。

高田はこの人物を追悼する文章で、彼はただ一人の師であったと書いている。さらに高田は、師から学んだのは真の意味での運命との向き合い方だったという。

人生の波動はそこに生き往《ゆ》く者に懐疑と信仰と、反抗と受諾のもつれを繰返し、そして自ら成立する運命は「否定」せざることをのみ命令する。

（『フランスから』）

疑うことと信じること、そして抵抗と受容を反復するなかで、否定しがたい真の運命に出会う。それが生きることだというのである。

少し先で高田は「意志の作意なる贋《にせ》の運命」というロマン・ロランの言葉を引く。「贋の運命」、これが人間を迷路に導く。彼にとって運命とは、考えだけでなく、その魂をも白くしたとき、はじめて浮かび上がってくるもの、もっとも高次な意味における使命と別なものではなかった。あるときロランは、自著にモンテーニュの言葉を書き添えて高田に贈ったという。

自分の出来る力に応じて。これはソクラテスが好んで繰返した言葉であった。
実に味の深い言葉である

真の意味において「自分の出来る力に応じて」生きるために「白」のちからを欠くことはできない、そう私は思っている。

25

着手するという最大の困難

カール・ヒルティ『幸福論』

仕事における着手と着想は、鶏と卵の関係にあるように思われる。ここでの「仕事」とは報酬を得ることとは限らない。日常の営みにおけるやらねばならないこと全般を指す。

着想を得ないとやる気になれない。よい着想が得られればいつでも仕事にとりかかる、という人は多いのではないだろうか。

案ずるより産むが易《やす》し、ということわざが当てはまる場合もあるだろう。不安が先立って足がすくむ。萎縮した精神ほど着想の種子がやどりにくい土壌はない。こうしたときも、もちろん着手が遅れる。

仕事は、やらねばならないのだから、やらなくてよい理由が入る隙間はない。しかし、仕事の現場には必ずといっていいほど、できない言い訳がある。時間がない。考えがまとまらない。

今、やってもきっと効率がよくない。何かを思いつきさえすれば、短い時間で完了できる、など枚挙に暇《いとま》がない。はかない言い訳でも、幾度も自分に言い聞かせているうちにもっともな理由に見えてくる。やらないのではない。できないのだと人は思い込む。

もちろん気持ちは理解できる。書かねばならない原稿を胸に抱きながらできない理由を呟《つぶや》くのが私の日常である。そのいっぽうで、着実に仕事を積み上げている人の姿を見ていると、やる気になろうとなるまいと仕事をしていることに気付かされる。

アスリートの知人は調子がよかろうとよくなかろうと練習をする。練習することでしか調子が取り戻せないとも語っていた。文筆家の友人は書けそうにないときもペンを走らせる。すると思いのほか書けることが少なくないという。

『幸福論』の作者として知られているカール・ヒルティという人物がいる。彼の著作はアラン、バートランド・ラッセルとともに三大幸福論と称されることもある。

ヒルティは一八三三年にスイスに生まれ、一九〇九年に亡くなっている。法律家として出発し、法学を講じる大学教授になり、ある時期は代議士も務めた。仕事に長《た》けていただけでなく人々の信頼も厚く、数々の責任ある立場に立った。スイス陸軍の裁判長や大学の学長になったこともある。女性の参政権が認められていない時代に、その実現のために奔走もした。そうした多忙のあいまをぬって『幸福論』や『眠られぬ夜のために』などの古典的著作が誕生したのである。

彼の『幸福論』は、書名の通り幸福の本質が探究された名著だが、同時に秀逸な仕事論でもある。それを証明するように第一章の題名は「仕事の上手な仕方」となっている。

そこでヒルティが強調するのも着手である。「まず何よりも肝心なのは、思いきってやり始めることである」と書いたあと、こう続けている。

> 仕事の机にすわって、心を仕事に向けるという決心が、結局一番むずかしいことなのだ。一度ペンをとって最初の一線を引くか、あるいは鍬《くわ》を握って一打ちするかすれば、それでもう事柄はずっと容易になっているのである。
>
> （草間平作訳）

ヒルティの助言は明快だ。どんな状況であれ、身体を机に向け、心を仕事に向ける。そして、やらねばならない最初の動作をする。ただそれだけだ。何ら複雑なことはない。ただヒルティは、やる気と仕事のあいだに回路を結ばない。やる気に頼るような仕方で仕事をしないのである。

気は乗らないが着手する。すると意外と事がよい方向へ進む。こうしたことも多くの人に経験があるのではないだろうか。もっと早く着手すればもっとよい仕事ができただろう、そう思ったことのない人の方が少ないのではあるまいか。

誰でも大きな困難があれば二の足を踏む。だが、着手さえすれば、仕事にまとわり付いていた困難という覆いが、いとも簡単に剝《は》がれ落ちることを知っていたら、仕事に向き合う態度もまったく別なものになるだろう。

同じ文章でヒルティは「他の人たちは、特別な感興のわくのを待つが、しかし感興は、仕事に伴って、またその最中に、最もわきやすいものなのだ」とも述べている。ここでの「感興」は「面白味《おもしろみ》」と置き換えてもよいかもしれない。

面白味が湧いたら仕事をする、という人がいても驚かない。しかしヒルティは、面白味も着手あるところに生まれるという。

面白味のあとには、妙味が生まれるのも自然の道理である。仕事は単に営むものではなく、深く味わってみるものなのではないだろうか。

リルケ『若き詩人への手紙』

26

語り得ないこと

少し本を読もうと思ってカフェに入り、しばらくした時だった。「ほとんどのものはお金で買える。でもね……」そんな会話が聞こえてきた。

パソコンやタブレットがあれば、どこでも仕事ができる。そんな時代の常識に逆らうように、いつからか仕事は自分の机でするようになった。

誰かといっしょであれば、カフェにも行く。しかし、自分でも何が宿っているのか分からない、胸中のおもいを言葉にするという仕事はひとりでいるときにしか行わなくなった。

本を読み、書くのが生業《なりわい》である。けれども本を読むためにカフェに行くということも近年ではまったくといっていいほどなかったから、足が向いたことに少し自分でも驚いていた。

ひと息ついて、ページをめくろうとしたとき、先の会話が耳に入ってきた。若い男性が女性にむかって、お金では買えない稀有《けう》なことを大切にしている、と自分の人生観を熱気を帯びた言葉で語っていた。

聞き流して本を読めばよい。近くで話している人の声が気になるようなら、カフェで本を読もうという選択自体が間違えている。私でもそのくらいのことは分かっている。だが、「ほとんどのものはお金で買える」と語った未知な男性の声を耳にしたとき、反射的に私のなかでそれを強く否む声がした。「違う。むしろ逆だ。ほとんどのものは、お金では買えない」。

あの男性の意図は理解できる。むしろ、彼が語っていることの方が常識的でもあるだろう。頭ではそう理解しながら、別種の感情が湧き出るのを止めることができなかった。さらにいえば、「ほとんどのものはお金で買える」というひと言は、かつての自分が誰かに語った言葉のようにも感じられた。開いた本を閉じ、少し冷めたコーヒーを一気に飲み、カフェをあとにした。

「ほとんどのもの」が、どう存在しているのか。この問いへの応答は、その人の世界観を如実に示す。つまり、どのような世界に生きているのかを物語ることになる。

たとえば、この世界にあるほとんどのものは見えているのか否か。海の下にあるもの、地中にあるもの、人間の肉眼ではとらえられないものを含み込んで考えたとき、日常、私たちが目にしているのは、世界の一部というよりも局所であることが分かる。人間には犬ほどの嗅覚はないし、馬のように遠くの音を聞き分けることもできない。人間は、世界に存在する「ほとんどのもの」を十分に感覚していない可能性もある。

同質のことは私たちの内界をめぐってもいえる。意識できることは、胸中に宿っていることのごく一部に過ぎない。人は誰も、内なる世界にももう一つの海を持ち、大地を宿している。心が波打つ。心に花が開く、という表現がそのことを暗示している。

言葉で語り得ることもまた、ごくわずかである。あるときそう感じた。むしろ語り得ないこと、言葉たり得ないことによってこそ、人と人、人と世界はつながっているのではないだろうか。詩人のリルケは、詩人を志す若者に宛てた手紙で、語り得ないことをめぐってこう書き送っている。

> 物事はすべてそんなに容易に摑《つか》めるものでも言えるものでもありません、ともすれば世人はそのように思い込ませたがるものですけれども。たいていの出来事は口に出して言えないものです、全然言葉などの踏み込んだことのない領域

で行われるものです。それにまた芸術作品ほど言語に絶したものはありません、それは秘密に満ちた存在で、その生命は、過ぎ去る我々の生命のそばにあって、永続するものなのです。

（『若き詩人への手紙』高安国世訳）

詩は言葉の芸術である。その作り手である詩人が、芸術は言葉が届かない領域で行われるという。リルケの言葉はおそらく、真実の一端にふれている。だが、言葉には不思議なはたらきもある。

「言葉などの踏み込んだことのない領域」にぶち当たり、立ち上がって来た言葉は、言葉たり得ない意味を受け取る人に伝えるのである。

先のリルケの言葉に出会ったのは、妻が亡くなり、足を引きずりながら悲しみの谷底を歩いている頃だった。

ほどなくして、自分が探しているものは、どこにも売っていないことに気が付いた。そして、その探しているものが、自分の人生をとりまく、意味と価値と重みのほとんどであることが、何かに照らし出されるようにありありと実感された。

ひとりでいるとき私は、いっそう強く、亡き者たちの存在と助力を感じる。リルケは別の作品で、詩を書くとは、亡き者たちから言葉を託されることであると書いている。

師・井上洋治と良寛

27

沈黙の意味

十九歳のとき、師に出会った。師とはカトリックの司祭で、神学者でもあった井上洋治《ようじ》である。一九二七年に生まれ、二〇一四年三月八日に八十六歳で亡くなった。今年で没後十年になる。

亡くなってからの歳月で痛感しているのは、師の生涯と境涯に対して浅薄な認識しか持ち得なかったという現実で、没後しばらくして、師の著作を読み返したとき、あまりの新鮮さに驚愕《きょうがく》した。それは今も続いている。

一九五〇年、二十三歳のとき神父は、修道院に入るために渡仏するのだが、その船に乗り合わせたのが遠藤周作だった。このひと月の船旅が二人を文字通りの親友にした。遠藤との関係もあって、神父は文学者との交流も深かった。宗派を問わず、同時代のキリスト教作家の多くは、神父と何らかの接点があったように思う。私にとって神父は、信仰上だけでなく、文筆の上でも師となった。神父に出会わなければ物書きにはなっていなかったと思う。

師は、弟子に甚大な影響を与える。だが、真に師と呼ぶべき人物は、弟子を自分の色に染めるようなことはしない。その人の内面からその人自身の色が浮かび上がるのを助け、その人を自身の人生へと誘う。

生活と人生は似て非なるものである、と遠藤はいう。どんなに熱心に生活の次元を生きても人生の問題に遭遇することはできない。他者と競う。誰かよりも秀でたいと思う。人よりも何かを多く所有したいと感じる。こうした試みに人生を賭けることもできない。それらはすべて、生活の次元のことだからである。

いっぽう、世にいう生活の苦労の多くは、人生の次元で営まれる。耐え難い悲しみや屈辱、苦しみや嘆き、言葉にならない呻《うめ》きを感じながら生きる日々こそが人生の道を切り拓《ひら》く。

神父は四十九歳のとき『日本とイエスの顔』と題する最初の著作を世に送った。この本で彼は「知る」という営みには二つの態度がある、と述べている。何か「を」知るのと何かに「ついて」知る、の二つである。

ある人を知るのと、その人について知るのは同じではない。人生を知るのと、人生について知るのも、まったく異なる経験である。

神父は、じつに魅力的な人物で、人生は生きるに値するということを語らずして体現していたが、晩年、大きな誤りを冒した。過ちではない。自己認識を誤ったのである。

老年になって神父は、目を患った。司祭としても文筆家としても目に不自由さを抱えたことは深刻な影響を与えた。あるときから神父は、人前にいっさい姿を見せなくなった。面会を求める人の申し出も静かに退けて、ごく限られた人にだけ会うという生活になった。

亡くなる二ヶ月ほど前のことだったと記憶している。話したいことがあるので自宅に来てほしいと連絡があった。用件は遺言のような遺稿を預かることだった。神父はその原稿に込めたおもいを言葉少なに、だが切々と語った。そして、それまでの生きてきた日々の重みを傾けるようにしながら細い声でこう言った。

「私は……こころからこころへ語りたい、それだけなんだ」

師と過ごした三十余年の月日で、このときほど自らのこころに深みをはっきりと感じたことはなかった。こころの深い場所から発せられた言葉は、相手のこころの深部に届くからである。

これほどまでにちからのある言葉を発し得る人が、どうして人を遠ざけるようになったのか。改めて不思議に思い理由を尋ねると神父は「かつてのように考えることも話すこともできないのは分かっている。もう以前のようには役に立てない。会う人を失望させたくもないんだ」と語った。

神父は良寛をこよなく敬愛していた。「裏を見せ　表を見せて　散る紅葉」、良寛の辞世の作と伝えられ、神父は一度ならず、この句を自著で引用している。

人生の晩節での神父の大きな誤認は、自らの存在意義を有益だと感じる「表」に限定したことだった。「裏」に秘められたものを見過ごしていたのである。

師よ。私はあなたから幾つも大切なことを学んだ。信仰、文学、哲学、そして人生の問題においても。

しかし、もっとも豊かな、そして、かけがえのないことは、あなた自身が非力だと感じる、そんなあなたから学んだのです。

師よ、あなたは自分を見誤った。無力だと感じられたあなたこそ、沈黙のうちに、生きる意味をもっとも確かに体現していたのです。

おわりに

ここに収められた作品は、日本経済新聞に二〇二三年四月から二〇二四年三月まで、毎週土曜日の朝刊に「言葉のちから」として連載されたものである。

これまで雑誌で数年間の連載をしたことはあったが、新聞での一年にわたる連載は初めての経験だった。

執筆が決まったとき、自分のなかで一つの決めごとをした。毎回、誰かの言葉を引用した作品を書くこと、そして、一年間、同じ人の本からの引用はしない、ということだった。

同じ人に言及することはある。しかし、同じ人が書いた複数の著作から引用することはしなかった。

一人の人間、一つの主題を深める方が文章は、圧倒的に書き易《やす》い。歴史と対話することができれば、問いはどこまでも深まるからだ。

しかし、そうした方法が、今回の連載にはふさわしくないこともすぐに分かった。不特定の、おそらくは、私の作品を読んだこともなく、名前も知らない人が読むことが想定される以上、書き手である私もいつも新鮮な心持ちで問いと向き合う必要があるように思われた。

詩人であり俳人、小説家でもあった室《むろ》生《う》犀《さい》星《せい》が、次のような言葉を遺している。

あんずよ
花着け
地ぞ早やに輝やけ
あんずよ花着け

あんずよ燃えよ
ああ　あんずよ花着け

（『抒情小曲集』）

ここで彼が「あんず」と呼んでいるものは、私たちの内なる自己の象徴でもあるだろう。「自分の人生に出会うために必要ないくつかのこと」という書名に込めたのも、犀星が「あんず」に託したのと同質の想いである。

自己の可能性は自己の人生に潜み、私たちに見出されるのを待っている。その花を咲かせるために私たちが行わねばならないのも他者をまねたり、目標としたり、あるいは比較したりうらやんだりすることではない。自分と深くつながり、己れに託された固有の意味を己れのなかに見出そうとすることである。

連載中、じつにさまざまなところで反応を得ることができた。ＳＮＳ上では毎週、熱い反応を書き記してくれた人が複数いたし、講演に赴くと、新聞の切り抜きを大切そうに手にしながら声を掛けてくれる人たちに必ず出会えた。新聞社や出版社に丁寧な手紙を送ってくれる人も少なからずいた。

日本経済新聞という発表媒体とも深く関係していたのだろうが、企業関係者からの言葉も多かった。仕事は情報や知識だけでは営むことができない。責任が大きく、重くなればなるほど必要なのは想像力や構想力であり、そして広くというよりも深く考えるちからなのである。そのことの重みを確かめさせてくれる言葉を豊かに受容できたのも稀有な経験だった。

この本に収められた作品は、そうした人たちの静かな励ましがなければ生まれることがなかった。この場を借りて、心からの感謝の意を伝えたい。

一年間、文字通りの意味で伴走してくれたのは、日本経済新聞社文化部の神谷浩司部長と画家の西淑さんだった。二人にも衷心からの謝意を送りたい。

神谷さんと知り合ったのは、もう十数年前である。このようなまとまった形で仕事をできたことを本当にありがたく、また、誇りにも思っている。神谷さんは最初の読み手でもあった。そして、未知なる読者へのよき扉でもあり続けてくれた。

挿画を描いてくれた西さんとは、お目にかかったことがないのだが、その仕事を通じて敬意を深めており、今回の連載も西さんの作品とであれば、書かれた言葉がより生きたかたちで読者に伝わるように思ったが、予想を超えて、それが実現されたと感じている。

書籍化にあたっては、編集は内藤寛さん、校正は牟田都子さん、装丁はたけなみゆうこさんに担当いただけた。彼、彼女たちは言葉を書くことによってこの本に参加しているのではないが、井筒俊彦のいう言葉を超えた意味の顕われである「コトバ」によって、じつにたしかな、そして精妙な仕事をしている。本はいつも複数の隠された手と眼によって育まれ、洗練されることでかたちを帯びる。ここに同朋でもある三人に深謝の気持ちと深い敬意を表したいと思う。

最後に、この本を手にしてくれた読者にも同質の念を送りたい。読むことこそ、文字に意味の炎を灯す行為だからである。

二〇二四年三月二十六日　犀星忌に

若松英輔

ブックリスト

本書で取り上げた本の一覧を掲載します。読書の参考になさっていただければ幸いです。

1 言葉の重みを感じとる

神谷美恵子『生きがいについて 神谷美恵子コレクション』みすず書房

2 事実と真実を感じわける

遠藤周作『イエスの生涯』新潮文庫
遠藤周作『深い河 新装版』講談社文庫

3 沈黙の世界、沈黙のちから

武者小路実篤『人生論・愛について』新潮文庫

4

世界と向き合うための三つのおきて

『柳宗悦 茶道論集』熊倉功夫編　岩波文庫

ノヴァーリス『夜の讃歌・サイスの弟子たち 他一篇』今泉文子訳　岩波文庫

5

叡知を宿した人々

『ユング自伝1 思い出・夢・思想』ヤッフェ編　河合隼雄ほか訳　みすず書房

M・メーテルリンク『限りなき幸福へ』山崎剛訳　平河出版社

6

語られざるおもい

司馬遼太郎『司馬遼太郎全講演［3］1985-1988（I）』朝日文庫

太宰治「駈込み訴え」（『走れメロス』角川文庫所収）

7

美とは己れに出会う扉である

岡本太郎・宗左近『ピカソ［ピカソ講義］』ちくま学芸文庫

8

書くとは時に止まれと呼びかけることである

夏目漱石「草枕」（『草枕・二百十日』角川文庫所収）

鷲巣繁男『クロノスの深み』小沢書店

9
心だけでなく、情を生きる

マックス・ピカート『沈黙の世界 新装版』佐野利勝訳　みすず書房

10
人生のモチーフ

小林秀雄『近代絵画』新潮文庫

11
書くとはおもいを手放すことである

『高村光太郎詩集』岩波文庫

内村鑑三『代表的日本人』鈴木範久訳　岩波文庫

12
人生はその人の前にだけ開かれた一すじの道である

アラン『幸福論』宗左近訳　中公クラシックス

13
経験とは自己に出会い直すことである

シモーヌ・ヴェイユ『重力と恩寵』田辺保訳　ちくま学芸文庫

14

ほんとうの私であるための根本原理

志村ふくみ『一色一生 新装改訂版』求龍堂

15

思考の力から思索のちからへ

ショウペンハウエル『読書について 他二篇』斎藤忍随訳　岩波文庫

16

観るとは観えつつあることである

今西錦司『私の自然観』講談社学術文庫

今西錦司『生物の世界』講談社文庫

17

本質を問う生き方

二宮尊徳『二宮翁夜話』児玉幸多訳　中公クラシックス

18

ことばは発せられた場所に届く

河合隼雄『宗教と科学の接点』岩波現代文庫

19

賢者のあやまり

湯川秀樹『天才の世界 愛蔵版』小学館

20 三つの「しるし」を感じとる

兼好法師『新版 徒然草 現代語訳付き』小川剛生訳注　角川ソフィア文庫

21 力の世界から、ちからの世界へ

吉本隆明『詩とはなにか 世界を凍らせる言葉』思潮社 詩の森文庫

22 書くことによって人は己れに出会う

ヴァレリー『文学論 改版』堀口大學訳　角川文庫

23 念いを深める

ティク・ナット・ハン『沈黙 雑音まみれの世界のなかの静寂のちから』池田久代訳　春秋社

24 運命に出会うために考えを「白く」する

高田博厚『フランスから』講談社文芸文庫

25 着手するという最大の困難

ヒルティ『幸福論 第一部』草間平作訳　岩波文庫

26
語り得ないこと

リルケ『若き詩人への手紙・若き女性への手紙』高安国世訳　新潮文庫

27
沈黙の意味

井上洋治『日本とイエスの顔〔増補新版〕』若松英輔監修・解説　亜紀書房

おわりに

室生犀星『抒情小曲集』（『抒情小曲集・あにいもうと・蝶』学研プラス所収）

本書は、日本経済新聞に二〇二三年四月一日から二〇二四年三月三十日まで連載された「言葉のちから」より、二十七篇をえらんで編んだものです。

若松英輔（わかまつ・えいすけ）

一九六八年新潟県生まれ。批評家、随筆家。慶應義塾大学文学部仏文科卒業。二〇〇七年「越知保夫とその時代　求道の文学」にて第十四回三田文学新人賞評論部門当選、二〇一六年『叡知の詩学　小林秀雄と井筒俊彦』（慶應義塾大学出版会）にて第二回西脇順三郎学術賞受賞、二〇一八年『詩集　見えない涙』（亜紀書房）にて第三十三回詩歌文学館賞詩部門受賞、『小林秀雄　美しい花』（文藝春秋）にて第十六回角川財団学芸賞、二〇一九年に第十六回蓮如賞受賞。

近著に、『詩集　ことばのきせき』（亜紀書房）、『霧の彼方　須賀敦子』（集英社）、『光であることば』（小学館）、『藍色の福音』（講談社）、『読み終わらない本』（KADOKAWA）など。

自分《じぶん》の人生《じんせい》に出会《であ》うために必要《ひつよう》な
いくつかのこと

二〇二四年五月五日　初版第一刷発行
二〇二四年六月十八日　第二刷発行

著者　若松英輔
画　西淑
発行者　株式会社亜紀書房
郵便番号　一〇一－〇〇五一
東京都千代田区神田神保町一－三二
電話　〇三－五二八〇－〇二六一
振替　00100-9-144037
https://www.akishobo.com

装丁　たけなみゆうこ（コトモモ社）
印刷・製本　株式会社トライ
https://www.try-sky.com

Printed in Japan　ISBN978-4-7505-1832-9　C0095

若松英輔の本

生きていくうえで、かけがえのないこと　一三〇〇円＋税

言葉の贈り物　一五〇〇円＋税

言葉の羅針盤　一五〇〇円＋税

種まく人　一五〇〇円＋税

常世の花　石牟礼道子　一五〇〇円＋税

いのちの巡礼者　教皇フランシスコの祈り　一三〇〇円＋税

本を読めなくなった人のための読書論　一二〇〇円＋税

不滅の哲学　池田晶子　一七〇〇円＋税

魂にふれる　大震災と、生きている死者〔増補新版〕　一七〇〇円＋税

神秘の夜の旅　越知保夫とその時代〔増補新版〕　一八〇〇円＋税

亡き者たちの訪れ　一八〇〇円＋税

弱さのちから　一三〇〇円＋税

読書のちから　一三〇〇円＋税

沈黙のちから　一三〇〇円＋税

いのちの秘義　レイチェル・カーソン『センス・オブ・ワンダー』の教え　一五〇〇円＋税

言葉を植えた人　一五〇〇円＋税

ひとりだと感じたときあなたは探していた言葉に出会う　一六〇〇円＋税

若松英輔　監修・解説「叡知の書棚」シリーズ

高橋巖　シュタイナー教育入門　現代日本の教育への提言　二四〇〇円＋税

柳宗悦　宗教とその真理　二八〇〇円＋税

井上洋治　日本とイエスの顔［増補新版］　二八〇〇円＋税